촉법소년 살인 사건

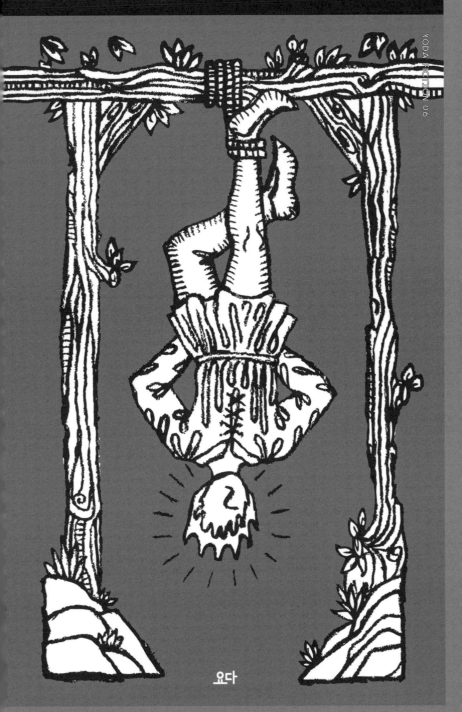

촉법소년 살인 사건

전건우 장편소설

YODA FICTION 06

요다

차례

프롤로그

"재미있는 거 보여줄까?"

골목을 지나던 소년은 그 소리에 멈춰 섰다. 해가 막 지기 시작하는 저녁 무렵이었다. 아직 땅거미가 내려앉기 전, 그리고 가로등에 불이 들어오기도 전인 애매한 시간대. 그렇기에 오히려 더 어두워 모든 게 낯설어 보이는 순간. 소년은 소리가 들린 쪽으로 고개를 돌렸다.

"네가 좋아할 거야."

건물과 건물 사이 아주 좁은 틈에 누군가가 서 있었다. 그곳에는 어둠이 오목하게 고여 말을 건 이가 누구인지 제대로 보이지 않았다. 다만 목소리로 남자, 그것도 나이가 많은 아저씨일 거라고만 짐작할 뿐이었다. 남자의 말투는 부드럽고 은근했기에 소년은 딱히 위협을 느끼지는 않았다. 오히려 호기심이 일었다. 자기가 좋아할 만한 재미있는 게 뭔지 궁금했다.

"재미있는 게 뭔데요?"

소년은 최대한 무뚝뚝하게 들리도록 목소리에 팍 힘을 줬다. 거기에 더해 입안에서 혀를 살짝 굴리며 말했다. 그래야 진짜 잘나가는 애처럼 보인다고, 소년원까지 다녀온 일진 형이 말해 줬다.

"가까이 와봐. 너도 알잖아? 진짜 재밌는 건 밝은 곳에서 보면 안 된다는 거."

남자의 말에 소년은 바로 맞장구를 쳤다.

"에이, 그걸 누가 몰라요? 다 알지."

몰랐다. 그래도 아는 척했다. 이런 상황에서 모른다고 하면 바보 멍청이가 된다는 건 알고 있었으니까.

"그러니까 이리 와. 너한테만 특별히 보여줄 거니까."

남자는 손을 들어 까딱까딱했다. 작고 주름진 손이었다. 그 손을 보자 소년의 마음 한편에 마지막까지 남아 있던 작은 의심과 불안이 스르르 사라져버렸다. 저런 손을 가진 어른은 무섭지 않았다. 이를테면 담임이 그랬다. 자기에 비해 한 뼘 이상 작은 담임을, 소년은 늘 무시했다. 그만큼 만만했기 때문에. 반대로 두툼하고 큰 데다가 굳은살까지 박인 손을 보면 소년은 본능적으로 두려움을 느꼈다. 아빠 손이 딱 그랬다. 아빠가 그 큰 손으로 뺨을 후려치면 정신을 못 차릴 정도로 아팠다.

"아! 씨. 뭔데요, 뭐?"

'아'와 '씨' 사이에 침을 한 번 뱉을 것. 그 역시 일진 형의 가르침이었고, 소년은 충실히 따랐다.

"이게 뭔지 넌 상상도 못 할걸."

그렇게 말하는 남자를 향해 소년은 거침없이 다가갔다. 만약 별것도 아닌 걸 가지고 호들갑을 떤 거라면 소년은 남자에게 한 방 먹일 생각이었다. 소년은 아빠에게서 물려받은 유전자의 덕을 톡톡히 봐 또래보다 훌쩍 컸다. 고등학생이라 해도 믿을 정도였다. 작은 손을 가진 어른이라면, 그게 남자라 해도 이길 자신이 있었다.

소년이 남자와 이야기를 나누는 동안 해는 더 떨어졌고, 그만큼 건물 사이에 깃든 어둠도 짙어졌다. 가로등은 켜지지 않았다, 아직. 설령 켜진다 해도 날벌레만 불러 모을 뿐 조도가 낮아 어둠을 밝히는 데는 그리 큰 도움이 되지 않았다. 이 골목으로 다니는 이가 드문 건 그런 이유 때문이었다. 소년은 신경 쓰지 않았다. 어둠이 딱히 무섭지도 않았고.

"뭔지 보여줘요."

소년은 그 말과 함께 어둠 안으로 성큼 들어갔다. 그제야 남자 모습이 제대로 보였다. 예상대로 작고 왜소했다. 다만 모자에다가 검은색 마스크까지 쓰고 있어 얼굴을 알아보긴 힘들었다. 그 점이 마음에 들진 않았지만, 진짜 재미있는 걸 보여주기만 한다면야 상관없었다.

"자, 여기 있어."

남자가 주머니에서 뭔가를 꺼내 들었다. 작고 네모난 물건이었다. 얼핏 보면 아빠가 쓰는 전기면도기 같기도 했다.

"이게 뭐……."

이게 뭐예요?

소년이 불퉁한 목소리로 물으려던 건 그거였지만 뒤의 몇 마디는 내뱉지 못했다. 남자가 전기면도기처럼 생긴 그것을 소년의 목에 대고 버튼을 눌렀기 때문이다. 움찔 놀란 소년이 본능적으로 한발 물러섰지만, 그보다 전기 흐르는 속도가 더 빨랐다. 30밀리암페어의 전류가 전기충격기의 방전 단자를 통해 몸으로 흘러 들어간 순간, 소년은 극심한 통증과 함께 의식이 멀어지는 걸 느꼈다. 어둠 속에서 스파크가 튀고 맹수의 이빨이 맞물리는 듯한 소리가 울려 퍼졌지만 그걸 보거나 들은 이는 아무도 없었다.

단 5초 만에 소년의 몸은 통나무처럼 굳었고, 헤벌어진 입에서는 침이 뚝뚝 떨어졌다. 그리고 정확히 3초 후 소년은 완전히 정신을 잃고 남자의 품 안으로 쓰러졌다. 남자는 소년을 끌어안고 속삭였다. 마치 고된 하루를 보내고 돌아온 소년에게 위로의 말이라도 건네듯, 그렇게.

"진짜 재미있을 거야. 기대해."

남자는 소년을 끌고 어둠 속으로 완전히 사라졌다.

이제 해는 완전히 졌지만…… 가로등은 켜지지 않았다, 아직.

소년은 사흘 후에 같은 장소에서 발견됐다. 역시 해 질 무렵이었다. 소년처럼 어둠을 그리 신경 쓰지 않는 청년이 지름길이기도 한 그 골목을 지나다가 건물과 건물 사이의 틈 밖으로 비죽 튀어나온 한 쌍의 다리를 본 것이다.

발견 당시의 소년은 알몸이었고 머리카락은 박박 밀린 상태로 바닥에 뉘어 있었다. 그리고 아빠를 닮아 큼지막했던 두 손이 모두 잘려 사라진 채였다.

'A군 연쇄 살인 사건'은 그렇게 시작됐다.

1부. 형법 제9조

5월 23일

조민준은 용의자를 노려봤다. 멀끔한 얼굴의 용의자는 긴장한 기색 없이 실실 웃고 있었다. 이런 경우는 둘 중 하나였다. 범인이 아니거나, 범인이지만 빠져나갈 자신이 있거나. 강남 유흥가 여성 살인 사건의 유력 용의자로 잡혀 온 이남기는 아무래도 후자 쪽으로 보였다. 정황상 그가 범인인 건 확실하지만 그걸 입증할 물증이 없다는 걸 이남기도 잘 아는 듯했다. 설령 증거가 있다고 해도 그걸 뒤집을 만한 뛰어난 실력의 변호인단이 이남기를 위해 대기 중이었다. 그들 가운데 한 명이 지금 이곳, 서울경찰청 강력범죄수사대, 통칭 광역수사대로 달려오고 있었다.

"이남기 씨."

슬쩍 시간을 확인한 후 조민준이 이남기를 불렀다. 변호사가 도착하기까지는 10분 정도 남았다.

"아이, 팀장님. 왜 이러세요? 변호사 없이는 이야기 안 할 거라 했잖아요."

이남기는 조민준을 똑바로 보며 말했다. 그는 눈을 거의 깜박이지 않았다. 그래서인지 안구가 충혈돼 있었다.

"영화 좋아해요?"

전혀 예상 못 한 질문이었는지 이남기의 빨간 눈동자가 흔들렸다.

"영화…… 좋아하죠. 근데 지금 그게 궁금해요?"

그렇게 되묻는 이남기는 우수그룹 회장의 손자였다. 올해 스물여섯, 미국에서 유학 중 마약 사건에 연루돼 퇴학당한 뒤 작년 말 한국으로 들어왔다. 그는 귀국과 동시에 음주 운전과 폭행 등의 사건을 저질러 존재감을 과시했다. 재벌 3세의 일탈은 오래전에 유행이 지났지만, 이남기는 그걸 아는지 모르는지 사회면 뉴스에 자주 이름을 올렸다.

"영화감독, 누굴 좋아해요?"

조민준은 다시 물었다.

"오! 진짜 궁금한가 보네. 계속 물어보는 걸 보니까. 흐흐. 그런데 누구라고 말해도 모를 텐데……."

"라스 폰 트리에?"

순간 이남기의 얼굴에서 웃음기가 사라졌다.

"어떻게 알았지?"

"맞혔네요."

"어떻게 안 거야? 응? 영장도 없이 내 집 뒤진 거야?"

"그럴 리가요."

"아! 알겠다. 예술 영화 감독 중에 대충 한 명 찍어서 넘겨짚 었는데 그게 딱 얻어걸린 거네! 이게 형사의 감인가 봐요? 흐 흐."

"라스 폰 트리에 감독 영화 중 제일 좋아하는 건 〈도그빌〉이 고."

"뭐야? 장난해? 진짜로 말해! 무슨 수로 알아낸 거야?"

이남기는 흥분을 감추지 못했다. 숨기고 싶었던 치부를 들키 기라도 한 것처럼. 조민준은 이 순간을 기다렸다. 얼핏 단단해 보이는 표면에 균열이 생기는 순간을. 단 한 줄의 금이 다른 금 을 불러오고, 그 금은 또 다른 금과 이어진다. 균열의 연쇄 작 용은 겉을 산산조각 낼 때까지 계속된다. 외피가 깨져버린 인 간은 결국 본성을 드러내게 마련이다. 자기를 과신하고 과대 포장하는 인간일수록 껍데기가 깨지는 속도 역시 빠르다. 이남 기도 그런 부류의 인간이었다.

"궁금해서 한번 봤는데, 그 영화 완전 쓰레기던데요?"

조민준의 말에 이남기는 눈을 부릅뜬 채 딱 굳었다. 결정타다. 조민준은 깨달았다. 아니나 다를까, 찰나의 순간 이남기의 얼굴에 수많은 표정이 떠올랐다가 사라졌다. 경멸, 경악, 슬픔, 실망, 그리고 마지막에는 분노까지…….

가히 감정의 종합 선물 세트라 부를 만했다.

살해당한 여성은 상태가 처참했다. 목이 졸린 게 직접적인 사인이었지만 문제는 그다음이었다. 범인은 이미 죽은 여성의 혀를 자르고, 안구를 파낸 뒤 그 모두를 입에 넣어놓았다. 그 '전시'를 보고 조민준이 느낀 건 범인이 쏟아낸 극도의 분노였다. 여성을 살해한 자는 칼을 사용하지 않았다. 그가 쓴 건 포크와 와인 오프너, 단 두 개였다. 그걸 가지고 절대 쉽지 않은 작업을 단시간에 해치웠다. 망설이거나 주저한 흔적은 찾아볼 수 없었다. 조민준은 당시 상황을 어렵지 않게 그려볼 수 있었다. 이곳, 강남 룸살롱의 VVIP 방에 여성과 단둘이 있던 손님은 돌연 격분해 피해자에게 달려들어 목을 조른다. 여자가 죽기까지는 5분 이상 걸렸으리라. 손님의 분노는 5분 후까지도 사라지지 않았다. 아니, 오히려 더 불타올라 테이블에 놓인 것 중 날카롭다 싶은 도구를 쥐고 닥치는 대로 휘두른다. 포크와 와인 오프너가 각각 어떤 용도로 쓰였는지는 불을 보듯 뻔했다. 문제는 손님, 그러니까 범인의 정체였다. 한편으로 조민준은 무엇이 그를 분노케 했는지 그게 궁금했다.

VVIP 구역을 비추는 CCTV의 당일 기록은 이미 삭제된 상태였다. 고객 명단도 사라졌다. 그날 밤, 여성이 누구를 상대했는지 직원 모두 입을 닫았다. 사건 현장의 지문도 깨끗하게 지워져 있었다. 전문가가 작업한 게 틀림없었다. 언제나 그렇듯, 믿을 건 탐문밖에 없었다. 끈질기게 묻고 다닌 끝에 유용한 증언을 확보했다. 죽은 여성의 동료가 한 말이었다.

"언니가 되게 유명한 재벌 3세가 올 거라고 이야기했거든요……."

그 증언을 토대로 룸살롱 입구와 내부, 그리고 주차장 CCTV까지 모조리 뒤졌다. 그 과정에서 찾아낸 이가 바로 이남기였다. 이남기가 룸살롱으로 들어가는 모습, 몇 시간 후 누군가와 함께 서둘러 나오는 모습이 고스란히 찍혀 있었다. 조민준은 그가 범인일 거라고 예상했다. 다만, 이남기가 왜 폭발했는지 그 이유는 알 수 없었다. 그걸 알아낸다면 몇 겹의 단단한 껍데기 뒤에 숨은 그를 끄집어낼 수 있을 것 같았다.

"당신이 예술을 알아? 영화를 아느냐고? 라스 폰 트리에는 말이야, 염세주의가 낳은 천재라고! 〈도그빌〉은 그 감독의 최고작이고!"

이남기는 금방이라도 달려들 듯 소리쳤다. 누구에게나 분노의 스위치는 달려 있다. 그게 엉뚱한 부위에, 아주 예민한 상태로 달린 부류가 있는데 이남기야말로 그런 인간이었다.

"최고작이라고? 아무리 봐도 변태 감독의 자위로 보이던

데……."

조민준은 한 번 더 스위치를 건드렸다. 반응은 바로 왔다.

"그 말 취소해!"

"쓸데없이 아이 살해 장면이나 넣고. 그 정도면 미친 거 아닙니까?"

이남기는 미국에서 영화 연출을 전공했다. 그가 유일하게 관심을 기울이고 좋아했던 게 바로 영화였다. 재능도 꽤 있었는지 학부 2학년 때 만든 단편 영화로 상을 받기도 했다. 마약에 빠지지만 않았어도 순조롭게 졸업해 자기만의 색이 확실한 감독이 되었을 거라는 게 주위의 평가였다. 이남기는 영화에 관해서만은 타협을 몰랐고, 고집 또한 남달랐다. 벌금형으로 마무리된 폭행 사건 역시 신인 영화감독과의 술자리에서 벌어졌다.

"미친놈이더라고요. 제가 라스 폰 트리에 욕을 좀 했더니 다짜고짜 주먹을 날리는데……."

그 사건의 피해자인 영화감독은 그렇게 말했다. 공교롭게도, 죽은 여성 역시 영화를 전공했다. VVIP만 상대하는 업소답게 그곳 매니저는 대학생이 대부분이었다. 피해자도 알 만한 대학교의 영화학과 4학년이었다.

그렇다면…….

조민준은 한 가지 가설을 떠올렸고, 한번 미끼를 던져봐야겠다고 생각했다. 영장 없이 이남기를 긴급 체포한 이유는 바로 거기에 있었다.

"잘 들어. 거장의 예술 세계를 폄훼하면 안 되는 거야. 나는 그런 인간을 끔찍하게 싫어하고 혐오하지."

이남기는 살기 어린 눈빛으로 조민준을 쏘아봤다.

"그 여자도 그래서 죽었습니까?"

조민준의 질문에 이남기는 피식 웃음을 터트렸다. 그러고는 중얼거렸다.

"아이, 씨. 변호사가 입 열지 말랬는데. 흐흐."

"예술을, 라스 폰 트리에 감독을 모욕하던가요?"

"술이나 따르는 주제에 영화를 논하더라고? 흐흐. 처음엔 좀 웃겼지. 근데 슬슬 선을 넘는 거야. 라스 폰 트리에의 모든 작품이 여성과 아동을 학대해서 만든 쓰레기라고 하는 거 있지? 그래서 내가 뭐, 잠깐. 흐흐."

"그래서 죽였나요?"

"정신을 차렸을 땐 이미 그 여자 한쪽 눈알을 파내고 있었어. 오른쪽이었나, 왼쪽이었나? 아무튼, 그 여잔 죽어 마땅했어."

이남기가 연신 흐흐 웃으며 그 말을 했을 때였다. 취조실 문이 열리며 변호사가 다급히 들어왔다.

"이게 뭐 하는 겁니까?"

변호사는 기선 제압이라도 하려는 듯 목소리를 높였다. TV

에 자주 출연하는 유명 변호사였다. 조민준은 고개를 끄덕이며 일어났다.

"끝났습니다."

"뭐, 뭐가 끝났단 말입니까?"

"이남기 씨는 범행을 자백했고, 그걸 녹화했습니다."

조민준은 벽면 거울을 가리키며 말했다.

"자백이요? 무슨 자백을……."

변호사는 당황한 표정으로 말을 잇지 못했다. 조민준은 그런 변호사 옆을 지나쳐 가며 다시 말했다.

"자백했고 자료도 있으니 체포 영장은 나올 겁니다."

그때였다. 고개를 숙이고 있던 이남기가 조민준을 불렀다.

"저기요, 팀장님."

조민준은 문 앞에서 멈춰 섰다.

"할 이야기가 남았어요?"

"〈도그빌〉…… 안 봤죠? 흐흐."

이남기가 키득거리며 물었다.

"〈도그빌〉은 나도 좋아해요. 라스 폰 트리에 작품 중에서 제일 좋아하는 건 〈멜랑콜리아〉이긴 하지만."

조민준은 그 말을 끝으로 밖으로 나갔다. 문을 닫는 것과 거의 동시에 취조실 안에서 발작과도 같은 웃음이 터져 나왔다.

"잘했어. 자백했으니 끝난 거나 다름없지."

광역수사대의 대장은 현승주 경무관이 맡고 있었다. 그는 경찰대 출신의 엘리트로 굳이 분류하자면 강경파에 속했다. 어떤 상황에서도 나쁜 놈만 잡으면 된다는 게 현승주의 지론이었다. 몸을 사리며 진급에만 목을 매는 다른 간부와는 달랐고, 그 점에서는 적어도 조민준과 결이 맞았다. 유명한 재벌 3세를 영장도 없이 긴급 체포한다는 결정은 쉽게 내릴 수 있는 게 아니었다.

"네. 덕분에 놈을 잡을 수 있었습니다."

조민준은 솔직히 말했다. 그에게 현승주는 몇 기수 위의 경찰대학교 선배이기도 했다. 사적인 친분은 없었지만 둘은 서로를 신뢰했다. 그 결과 두 사람은 몇 년 사이 굵직굵직한 사건 다수를 깔끔하게 처리했다. 이쯤 되면 조금 더 친밀하게 서로를 대할 법도 하지만 적어도 조민준은 그럴 생각이 없어 보였다. 꼬박꼬박, 그리고 조금은 과하다 싶을 정도로 존대하며 상사인 현승주를 대했다.

"그래서 말인데, 이후 과정은 2팀에 맡겨."

현승주는 뜻밖의 말을 했다. 기껏 자백까지 받았는데 그걸 2팀에 넘긴다는 건 대어를 낚아 남의 낚시 통에 넣는 거나 다름없었다. 하지만……

"네, 알겠습니다."

조민준은 순순히 대답했다. 현승주는 사시사철 달고 다니는 아이스 아메리카노를 한 모금 마신 뒤 조민준을 똑바로 바라봤다. 그 눈빛에 호기심이 서려 있었다.

"이유도 모르고 공을 뺏기게 생겼는데 아무렇지 않아?"

"이유가 있으니 결정하셨겠죠. 저는 그저 그 결정을 따를 뿐입니다."

조민준의 대답에 현승주는 피식 웃었다.

"가끔 보면 비꼬는 건지, 진심인 건지 헷갈린단 말이야. 어느쪽이야?"

"잘 아시지 않습니까?"

그렇게 되묻는 조민준을 향해 현승주는 졌다는 듯 고개를 저어 보였다. 그러고는 말을 이었다.

"그래, 이유가 있어. 미성년자 살인이 또 발생했거든. 벌써 세 번째야."

그 말을 들은 조민준의 얼굴에 비로소 표정 비슷한 것이 떠올랐다.

"이번에는 어디입니까?"

"경기도 양주. 이제 막 소식이 들어왔고, 아직 언론에는 새지 않았어."

한 달 사이 중학생 두 명이 살해됐다. 첫 사건은 구로에서 발생했고, 두 번째는 강남이었다. 희생자는 둘 다 소년이었고, 학년도 같았다. 중학교 2학년. 얼핏 보면 두 사건 사이에 공통점이 많지는 않았다. 언론에서도 미성년자가 끔찍하게 살해당했다는 데에만 초점을 맞춰 보도했을 뿐 연쇄 살인 쪽으로 몰고 가지는 않았다. 적어도 지금까지는 그랬다. 세 번째 사건이 벌어졌다는 걸 알게 되면 분명 상황이 달라질 것이다. 언론 입장에서는 이보다 자극적인 먹잇감은 없을 테니까.

"이번에도 중학생입니까?"

조민준이 물었다.

"응. 중 2인데, 여학생이야. 그래서 더 골치 아파."

"연쇄 살인일까요?"

"거의 확실해. 이번에도 신체 부위가 사라졌거든. 혀야."

현승주는 자기 혀를 조금 내밀어 보이며 말했다.

첫 희생자인 남학생은 양손이 잘린 채 발견됐다. 두 번째 아이는 발이었다. 신체 중 일부가 절단되었다는 건 경찰만 아는 비밀이었다. 앞선 두 사건 사이에는 공통점이 적었다. 물론 둘 다 미성년자고, 신체가 절단되긴 했지만 다른 건 모두 달랐다. 희생자 사이에는 접점이 없었고, 살해 방식도 달랐으며, 심지어 절단할 때 사용한 도구도 각기 다른 것으로 경찰에서는 파악했다. 그럼에도 신체 훼손을 언론에 알리지 않은 건 연쇄 살인일지도 모른다는 가능성 때문이었다. 세 번째 사건이 벌어진 지금, 그 가능성은 현실이 됐다.

"사건이 커지게 됐군요."

조민준의 말에 현승주는 고개를 끄덕였다.

"맞아. 그래서 사건이 우리 쪽으로 넘어왔어. 이 시간 이후로 미성년 연쇄 살인 사건이라고 이름 붙이고, 광수대, 그중에서도 자네 1팀이 수사하게 될 거야."

"알겠습니다. 각 관할에서 사건 자료 받는 대로 수사 시작하겠습니다."

"부탁하네. 희생자가 모두 미성년이니 연쇄 살인이라 알려지면 파장이 클 거야. 언론에서 아무리 흔들어대도……."

"걱정하지 마십시오. 저와 팀원 모두 흔들리지 않을 자신 있습니다."

조민준은 무표정한 얼굴로 말했다. 현승주는 그런 조민준을 보고 설핏 미소 지었다. 뛰어난 능력으로 비교적 젊은 나이에 경정을 달고 광수대 팀장까지 된 이 후배는 사교적이지도 않았고, 친밀감을 드러내지도 않았다. 그랬기에 마음에 들었다. 나쁜 놈들 잡는 데 사교성 같은 건 쥐뿔도 도움이 안 되니까.

"알았네. 수사 관련해서는 전폭 지원할 테니까 네 번째 희생자가 나오기 전에 범인을 잡아."

"네."

조민준은 그렇게 대답한 후 자리에서 일어났다. 그때만 해도 두 사람은 알지 못했다. 이 사건이 걷잡을 수 없이 커지리라는 것을.

윤민우는 맞은편에 앉은 소녀에게 음료수 캔을 내밀었다. 그야말로 소녀라 부를 수밖에 없는 작은 체구의 여자아이였다. 이제 중학교 1학년이니 그럴 만했다. 다만 겉으로 보이는 모습은 나이에 어울리지 않게 어둡고…… 험악했다. 탈색을 해 짧게 자른 머리카락은 그렇다 해도 목까지 올라오는 문신과 귀는 물론이고 코와 입술, 그리고 혀까지 장악한 피어싱은 소녀의 인상을 험상궂게 만드는 데 큰 몫을 차지했다. 소녀는 음료수 캔을 물끄러미 보기만 하다가 혀 짧은 소리로 물었다.

"약 탄 거 아니죠? 막 정신 이상하게 하는 약 타던데, 영화에서 보면."

"걱정하지 마. 방금 냉장고에서 꺼낸 거 너도 봤잖아."

윤민우가 웃으며 말하자 소녀는 입술을 비죽 내민 채로 음료수 캔을 받아 들었다. 그러고는 한참을 낑낑대다가 겨우 캔을 땄다. 소녀는, 저렇게 약한 힘으로 늙은 노숙자를 차도에 밀어 중상을 입혔다. 대형 SUV에 치인 노숙자는 머리뼈가 함몰되고 내장이 파열된 채로 사경을 헤매는 중이었다.

"뭐가 궁금한데요? 빨리 물어봐요."

소녀는 음료수를 한 모금 마신 뒤 그렇게 말했다.

"이제 막 왔잖아. 숨 좀 돌려. 어차피 한 시간은 나랑 있어야 하니까."

윤민우의 말에 소녀는 대놓고 한숨을 쉬었다. 얼굴에는 싫은 티가 그대로 묻어났다. 이 나이대 청소년은 감정을 감출 줄 몰랐다. 그게 젊음의 솔직함이기는 했지만 때로는 너무 지나쳐 타인에게 피해를 줄 때도 있었다. 범죄심리학자인 윤민우는 그런 사례를 숱하게 봐왔다. 눈앞에 앉은 소녀 역시 마찬가지 경우였고.

당연하게도, 소녀는 아무런 처벌도 받지 않았다. '형사미성년자', 흔히 말하는 '촉법소년'이기 때문에. 물론 보호처분을 받을 수도 있었지만, 소녀는 이마저도 피해 갔다. 대신 일주일에 한 시간씩, 20회의 심리 상담을 받아야 한다는 결정이 내려졌다. 소년원으로 가지 않는 조건이었다. 소녀는 물론이고 그 부모도 심리 상담을 선택할 수밖에 없었다. 그런 이유로 윤민우는 이 소녀, 조승아와 목요일 오후에 마주 앉아 나름의 힘겨루기를 하는 중이었다. 오늘이 상담 첫 회였고, 경험상 이때 우위를 점하지 못하면 이 과정은 아무 의미 없이 끝나는 경우가 허다했다.

"미리 말하는데요, 나한테 최면 걸거나 가스라이팅하거나 그럴 생각은 하지 마세요! 그러면 바로 고소할 거니까."

조승아는 당돌하게 나왔다. 이 아이도 기선 제압을 하느라 애쓰고 있다는 걸, 윤민우는 잘 알고 있었다.

"난 그런 걸 하는 사람이 아니야. 그럴 능력도 없고."

"그럼요? 선생님은 뭐 하는 사람인데요?"

"나는 질문하고 듣는 사람. 반대로 질문받고 대답해주기도 해."

"그럼 뭐 하나 물어봐도 돼요?"

"그래. 뭐든……."

"죽은 사람 본 적 있어요?"

조승아는 눈을 빛내며 물었다. 천진함과 저열함이 반씩 섞인 눈빛이었다. 그리고 한 방울의 우월감까지. 소녀는 노숙자를 차도로 민 이유에 대해 사람이 죽는 걸 보고 싶었다고 진술했다. 거기에 더해 다른 애들은 무서워했는데 자기는 용기를 냈다며 자랑하기까지 했다. 윤민우는 그 내용을 떠올리며 되물었다.

"왜 그런 걸 보고 싶은 거니?"

"재밌잖아요!"

대답은 단번에 돌아왔다. 거기에 이어 조승아는 짧게 덧붙였다.

"조회수도 엄청 높았고."

그랬다. 이 작은 소녀가 노숙자를 떠밀고, 그렇게 차도로 튕겨 나간 노숙자가 교통사고를 당하는 모습은 소셜 미디어에 그대로 올라갔다. 조승아 말대로 그 짧은 영상은 엄청난 조회수를 기록했다.

"무섭진 않았어?"

윤민우가 물었다.

"뭐가요?"

"살인자가 되는 거."

"촉법인데 뭐가 무서워요? 그리고 이 챌린지는 아무나 못 하는 거라 성공하면 다들 부러워한다고요."

"챌린지?"

"네. 쓰레기 청소 챌린지라고 미국에서도 유행이래요!"

들어봤다. 윤민우는 노숙자를 공격해 SNS에 인증하는 게 미국의 사회 문제로 떠오르고 있다던 며칠 전 뉴스를 떠올렸다. 나쁜 유행일수록 빨리, 그리고 깊숙하게 퍼진다. 그걸 제일 먼저 받아들이는 건 유행에 민감한 청소년이다. 다른 이들도 하니까 나도 한다는 생각은 죄의식을 덜게 만든다. 조승아 역시 아무런 죄의식을 느끼지 않는 눈치였다. 다수의 형사미성년은 촉법소년이라 처벌받지 않는 걸 일종의 면죄부로 여긴다. 자기는 아무런 잘못도 하지 않았다고 생각하는 것이다.

"그렇구나. 알았어. 오늘은 이것만 작성하자."

윤민우는 조승아에게 설문지를 내밀었다. 어설픈 훈계나 잔소리는 자기 몫이 아니라고 윤민우는 생각했다. 어디까지나 이성적이고 냉정하게 이 아이의 심리를 분석해내는 것이 학자로서 해야 할 일이었다. 지금껏 수많은 촉법소년과 상담한 건 바로 그런 이유 때문이었다.

"정말 이거만 쓰면 가도 되는 거죠?"

조승아는 웃으며 물었다. 뺨에 핀 불긋한 여드름을 서툰 화장으로 가려도, 앳된 얼굴을 문신과 피어싱으로 뒤덮어도 이 소녀가 아직 어린아이라는 건 감춰지지 않았다. 다른 경우도 마찬가지였다. 불과 하루 전 동급생을 죽인 소년도 아이스크림 앞에서는 환하게 웃었다. 그랬기에 윤민우는 가끔 오싹한 느낌을 받기도 했다. 악마는 천진한 아이의 얼굴을 하고서 찾아오는 게 아닌가 싶어서……

"숨진 김서희 양은 사흘 전인 5월 20일부터 집에 들어오지 않았습니다. 가족은 김 양이 단순 가출한 거라 여기고 따로 신고하지는 않았습니다. 그리고 바로 오늘 오전, 양주역에서 200미터 정도 떨어진 슈퍼마켓 뒤편 수풀에서 시체로 발견되었습니다. 최초 발견자는 슈퍼마켓 주인이었습니다. 주인의 신고로 경찰이 출동했고 그때부터 수사가 시작됐습니다. 이것이 현장 사진입니다."

스크린에 사진이 떴다. 무성하게 자란 수풀 사이로 새하얀 다리 한 쌍이 비죽 튀어나와 있었다. 다음 사진에는 죽은 소녀의 상반신이 찍혀 있었다. 목에 남은 선명한 자상과 교복 상의를 물들인 피만으로도 사인을 짐작할 수 있었다. 게다가 한껏 벌어진 입 주위에도 많은 양의 피가 말라붙은 채였다. 서민국 형사가 레이저 포인트를 김서희의 입에 가져다 댔다.

"여길 보면 아시겠지만, 김 양의 혀는 깨끗하게 잘린 상태였습니다. 앞선 두 건과 마찬가지로……."

"죽기 전에 잘렸다는 거지?"

조민준이 물었다.

"네, 일단 1차 감식 결과는 그렇게 나왔습니다."

서 형사의 보고가 끝났지만 누구 하나 먼저 입을 열지 않고 조민준의 눈치만 봤다. 회의실 벽에 달린 시계는 7시 20분을 가리키고 있었다. 이번 사건이 1팀으로 넘어온 지 세 시간이 흘러 어느덧 저녁이 됐다. 조민준은 곧장 현장으로 달려가는 대신에 평소처럼 회의부터 했다. 각 관할에서 자료를 받아 세 건의 살인을 짚어보는 것만으로도 시간이 훌쩍 지났다. 이제 어떻게 할지는 순전히 조민준에게 달렸다. 수사 방향을 잡는 거야말로 팀장의 역할이니까. 팀원 다섯 명은 조민준이 시키는 일이라면 뭐든 할 준비가 돼 있었다.

"좋아. 상황 파악은 끝났으니 일단 다들 집으로 가지."

조민준의 입에서 나온 건 뜻밖의 말이었다. 베테랑인 박두혁 형사가 조심스레 물었다. 그는 다른 사람의 두 배쯤 되는 덩치에 험악한 인상을 하고 있었지만 목소리는 가늘었다.

"저…… 정말 그래도 괜찮을까요?"

"이남기 잡느라고 우리 모두 일주일째 여기서 살았잖아. 하룻밤 푹 쉬고 내일부터 다시 달리는 거야."

그 말에 다섯 명의 표정이 확 밝아졌다. 다른 경찰도 마찬가지겠지만, 광수대는 특히 과중한 업무에 시달렸다. 오죽하면 너무 바빠서 범인 잡을 시간이 없다는 농담이 돌 정도였다. 조민준은 내일 아침이면 언론에서 일제히 사건에 관해 다룰 거라 예상했다. 그 전에 자기를 포함해 팀원 모두 휴식을 취하는 게 최선이었다. 내일부터는 그야말로 정신없어질 테니까.

"그러면…… 저부터 가보겠습니다."

역시 제일 먼저 일어난 건 박두혁이었다.

"저도……."

뒤를 이어 최현수와 정민호 두 형사도 서둘러 회의실에서 나갔다. 서민국은 노트북을 챙겨 들고 꾸벅 고개를 숙인 뒤 자리를 떴다. 마지막까지 남은 이는 팀의 막내인 하유리 형사였다. 그는 회의실을 나가려다 말고 조민준에게 물었다.

"팀장님은 안 가세요?"

"가야지. 먼저 들어가."

"또 혼자서 그거 하시려는 거죠?"

"그거라니?"

조민준이 되물었다. 그러자 하유리는 슬쩍 웃으며 대답했다.

"범인처럼 생각하기! 일전에 팀장님이 그러셨잖아요. 범인처럼 생각해야 다음 행동을 예측할 수 있다고. 그 후로 저 유심히 지켜봤는데, 팀장님은 혼자서 골똘히 생각하실 때가 많더라고요. 그래서 짐작했죠. 그런 순간에 범인처럼 생각하고 계신 게 아닌가 하고."

하유리는 눈치가 빨랐다. 좋은 경찰이 될 거라고, 조민준은 생각했다.

"알고 있으면 방해하지 말고 어서 가. 지금부터 난 범인이 될 거니까."

조민준의 말에 하유리는 피식 웃었다. 그러고는 한마디를 남기고 사라졌다.

"그것도 다 공감 능력이 뛰어나서 가능한 거래요."

회의실 문이 닫히는 소리를 들으며 조민준은 가만히 생각에 잠겼다. 하유리가 입에 올린 그 말이 머릿속을 떠나지 않았다.

'공감 능력이라……'

당연한 말이지만, 눈치가 빠르기는 해도 사람 마음을 읽는 재주는 없었다. 그랬다면 하유리가 공감 능력 운운하지는 않았으리라.

조민준은 타인의 감정에 공감하지 못했다. 그저 학습한 대로 행동할 뿐이었다. 누군가의 감정을 헤아린다는 것이 그에게는 무척 어려운 일이었다. 아니, 거의 불가능에 가까웠다. 그랬기에 자칫 실수라도 하지 않을까 더욱 조심했다. 이 사회에서 타인과 어울려 살아가려면 자기의 이런 성향을 숨겨야 한다는 사실을, 조민준은 잘 알고 있었다.

살아 있는 무언가를 처음으로 죽인 건 여섯 살 때였고, 그 대상은 햄스터였다. 어린 조민준은 궁금했다. 아파트 10층에서 햄스터를 던지면 어떻게 되는지. 물론 죽는다는 건 알고 있었지만 조민준에게 중요했던 건 '어떻게' 죽는가였다. 결국 집에 부모님이 없을 때를 틈타 햄스터를 들고 아파트 복도로 나갔다. 그러고는 망설임 없이 아래로 던졌다. '햄찌'라고 불렀던 그 귀여운 생명체는 제법 큰 소리를 내며 바닥에 떨어졌고, 조민준이 재빨리 내려가 확인했을 때는 본래 모습을 찾아볼 수 없었다. 바닥에 뒹구는 건 내장이 다 튀어나온 흉측한 몰골의 사체 그 이상도 그 이하도 아니었다.

죽으면 아무것도 아니라는 걸, 조민준은 그때 확실히 알았다.

햄찌는 케이지 문이 열린 걸 틈타 도망친 것으로 되었다. 조민준이 그렇게 둘러댔다. 엄마와 아빠 둘 중 누구도 어린 아들의 거짓말을 눈치채지 못했다. 그랬기에 조민준의 '실험'은 한동안 계속됐다. 초등학교 뒷마당에서 자라던 토끼나 우연히 발견한 새끼 고양이 같은 것들이 재료가 되었다. 시험만 쳤다 하면 1등에다가 반장까지 도맡아 하던 조민준을 의심하는 사람은 아무도 없었다.

그러다가 사건이 터졌다.

초등학교 6학년 때였다.

유독 말썽을 자주 피우는 같은 반 친구가 있었다. 반장인 조민준이 뭐라고 해봐야 말을 듣지 않았다. 덩치도 크고 싸움도 잘해서 힘으로도 어떻게 할 수가 없었다. 문제는 그 친구가 말썽을 일으킬 때마다 반장인 조민준도 덩달아 선생님께 야단맞는다는 데 있었다. 고민하던 조민준은 비교적 간단한 방법을 생각해냈다. 친구를 제거하기로 한 것이다.

여름방학을 며칠 앞둔 어느 날, 조민준은 점심시간에 그 친구를 데리고 옥상으로 올라갔다. 과자를 주겠다고 하니 놀라울 정도로 순순히 따라왔다. 친구를 난간에 서게 한 뒤 힘껏 밀어버리기까지는 순조로웠다. 조민준이 예상하지 못했던 건 친구가 나무에 걸려 바닥으로 떨어지지 않은 일이었다. 그 친구는 햄찌처럼 되지 않았다. 그랬기에 놀라서 달려온 선생님에게 모든 걸 다 말할 수 있었다.

난리가 났다. 부모님은 학교로 불려 왔고, 경찰도 출동했다. 그 친구의 부모님도 득달같이 달려왔다. 교장 선생님 방으로 간 그 모든 이들은 한바탕 소동을 벌였다. 처음에는 뭔가 오해가 있을 거라던 조민준의 부모님은 속속 증거와 증인이 나오자 그야말로 무릎을 꿇고 사과했고, 그 친구 부모님은 당장 체포하라며 고래고래 소리 질렀다. 조민준은 멀뚱히 서서 후회하고 또 후회했다. 확실하게 처리하지 못한 것에 대해서. 선생님과 교장 선생님, 그리고 경찰이 차례대로 왜 그랬는지 추궁했지만, 조민준은 입을 닫았다. 사실대로 다 말했다가는 분명 경찰이 잡아갈 테니까. 그때 경찰 중 한 명이 뜻 모를 소리를 했다.

"다들 아시잖습니까? 이 아이가 형법 제9조에 해당한다는 거. 그러니 형사 처벌은 불가능합니다. 양쪽 부모님께서 합의를 좀 보시고……."

형법 제9조.

그게 정확히 어떤 내용인지는 나중에야 알게 되었다.

— (형사미성년자) 14세 되지 아니한 자의 행위는 벌하지 않는다.

그때는 촉법소년이라는 말이 유행하지도 않을 때였다. 아무튼, 조민준은 자기가 그 형법 제9조라는 것 덕분에 잡혀가지 않아도 되고, 감옥에 가지 않아도 된다는 걸 이해했다. 기뻤다기보다는 안도했다. 마냥 기뻐하기에는 골치 아픈 일 몇 개가 더 기다리고 있었으니까. 조민준은 강제로 전학 가야 했다. 부모님은 거액의 합의금을 내야 했고. 아주 긴 시간 정신과 상담도 받았다. 어렴풋이 느끼고는 있었지만, 그 과정을 통해 조민준은 자기가 다른 이와 다르다는 걸 확실히 인식했다.

전학 간 지방의 소도시 초등학교에서 조민준은 모범생 생활을 이어갔다. 어떤 기록도 남지 않았고, 누구도 조민준이 한 짓을 모를 만큼 멀고 먼 지방이었다. 그때의 경험은 조민준에게 큰 교훈이 됐다. 물론, 좋은 쪽으로.

멋대로 할 수만은 없다. 나쁜 짓이라는 걸 인식하면서도 되풀이하는 건 멍청한 일이다. 충동을 억제하지 못하면 결국 나만 손해 보게 된다. 정상적인 척 살아가려면 연기가 필요하다…….

일찌감치 그런 깨달음을 얻은 조민준은 자신의 기질을 잘 숨기며 살아왔다. 원래도 똑똑했기에 중학교와 고등학교 내내 1등을 도맡아 했고, 경찰대학 진학에도 아무런 문제가 없었다. 경찰이 되기로 마음먹은 건 두 가지 이유 때문이었다. 하나는 자기 성향을 숨긴 채 일하기 좋아 보인다는 점이었고, 나머지 하나는 잘만 이용한다면 그 성향을 마음껏 드러낼 수도 있겠다는 생각이 들어서였다.

그 예상은 맞았다.

조민준은 경찰이 된 후 굵직한 사건을 속속 해결하면서 지금의 자리에 올랐다. 그건 공감 능력과는 상관이 없었다. 그는, 범인처럼 생각하는 게 아니라 실제 범인이 된 자기 모습을 떠올렸다. 그러면 쉬웠다. 범인의 심리와 행동을 파악하기가. 적어도 지금까지는 그랬다.

5월 24일

다음 날 오전, 조민준은 하유리와 함께 김서희의 집으로 찾아갔다. 부모님을 만나기 위해서였다. 5월인데도 아침부터 후텁지근했다. 조민준은 SUV 창문을 열고 국도를 달렸다. 조수석에 앉은 하유리는 수사 자료를 뒤적이고 있었다.

"이상한 게 있어요. 서희 부모님은 왜 실종 신고를 안 했던 걸까요?"

하유리가 물었다.

"딸에게 관심이 없었을 수도 있고, 아니면 익숙한 일이었을지도 모르지."

조민준의 대답에 하유리는 고개를 끄덕였다.

"흠. 어느 쪽이건 사연이 좀 있겠네요."

"가서 그 사연이 뭔지 알아봐야겠지."

"참! 오늘 아침 기사 보셨어요? 언론에서 냄새 맡은 것 같던데……."

"봤어."

조민준은 짧게 대답했다. 몇몇 언론에서 이번 3차 사건과 지난 두 건의 사건 사이에 관련이 있는 것 같다는 의혹성 기사를 냈다. 오늘 중으로 공식 취재 요청이 올 것이다. 조민준은 더 숨길 수 없다는 걸 알고 있었다. 언론에서 터트리기 전에 먼저 발표하는 편이 나을 거라고 현승주 대장에게도 건의했다. 그러자 대번에 반응이 돌아왔다.

"같은 생각일세. 다만 공식 발표 전에 뭐라도 증거 하나 정도는 쥐고 있어야 해. 알잖아? 안 그러면 자기들 맘대로 물고, 뜯고, 씹을 거라는 거."

동의했다. 미성년자, 그것도 중학생이 잔혹한 방법으로 살해됐다. 한 달 사이 세 건이 발생했는데 아직 단서조차 잡지 못했다고 한다면 언론도, 여론도 가만히 있지 않을 것이다. 아마 온갖 자극적인 추측성 기사가 쏟아질 테고, 그 밑에는 경찰을 성토하는 댓글로 도배가 되리라. 그렇기에 '미성년자 연쇄 살인 사건'이라 공식 발표하는 것과 동시에 수사에 진척이 있다는 걸 보여줘야 했다.

"와! 양주도 많이 변했네요."

도심으로 들어서자마자 하유리가 창밖을 보며 감탄했다. 피해자 가족은 양주에서도 신도시 쪽 아파트에 살았다. 척 보기에도 지어진 지 얼마 안 된 아파트 단지와 높은 건물, 그리고 상가가 도로 양옆으로 쭉 펼쳐져 있었다.

"양주에 살았던 적이 있었어?"

조민준이 물었다.

"네. 어릴 때 잠깐 살았거든요. 그땐 여기가 모두 허허벌판이었어요. 논이랑 밭밖에 없었고."

"그렇다면 김서희 가족도 최근에 이사 왔을 가능성이 높은거네."

"아무래도 그렇겠죠?"

두 사람이 그런 대화를 나누는 사이 목적지인 아파트에 도착했다. 김서희 부모님과 약속은 이미 잡아놓았다. 하유리가 출근하자마자 전화해 방문 허락을 받았다. 피해자 가족에게 연락하는 건 경찰이라면 누구나 꺼리는 일이었지만 하유리는 싹싹하게 잘해냈다.

조민준과 하유리는 공동 현관 앞에 서서 인터폰에 호수를 입력하고 호출을 눌렀다. 곧 생기라고는 느낄 수 없는 목소리가 들려왔다. 여자였다.

"누구세요?"

"서울경찰청 강력범죄수사대에서 나왔습니다."

조민준이 대답했다. 잠시 후 여자가 말했다.

"들어오세요."

공동 현관문이 열렸다. 두 사람은 아파트 안으로 들어가며 잠시 눈빛을 교환했다. 굳이 말하지 않아도 둘 다 알고 있었다.

조민준은 질문하는 쪽, 하유리는 공감하고 위로하는 쪽이라고.

집에는 김서희의 어머니만 있었다. 빨갛게 충혈된 눈을 한 여자는 40대 중반 정도로 보였다. 평소라면 잘 빗었을지 모르는 머리카락은 잔뜩 헝클어진 상태였고 여기저기 새치가 자리하고 있었다.

"저는 조민준 형사, 이쪽은 하유리 형사입니다."

조민준이 소개를 하자 여자는 꾸벅 고개를 숙이며 말했다. 셋은 거실 소파에 마주 보고 앉은 채였다.

"서희 엄마예요. 남편은 일이 바빠서……."

딸이 살해당한 모습으로 발견된 지 불과 하루 정도 흘렀다. 그럼에도 일을 하러 나갔다는 건 그만큼 바쁘거나, 아니면 이 자리를 피하고 싶거나 둘 중 하나일 거라고 조민준은 생각했다.

"마음 아프고 경황없으실 텐데 이렇게 찾아와서 죄송해요."

하유리가 말했다.

"우리 서희 죽인 놈 잡자는 건데 도움을 드려야죠."

여자의 목소리가 처음으로 높아졌다. 입술이 파르르 떨렸다. 슬픔과 분노, 그 사이에서 여자는 방황하고 있었다.

"몇 가지 묻겠습니다. 생각나는 대로 대답해주시면 됩니다."

솔직하게 대답해달라고 하려다 말았다. 조민준은 피해자 가족이라 해서 꼭 진실만을 말하지 않는다는 걸 잘 알고 있었다. 그럼에도 그걸 지적할 수는 없었다. 그저 잘 가려내는 수밖에.

"네, 말씀하세요."

여자가 자세를 고쳐 앉으며 말했다. 긴장하고 있다는 뜻이었다.

"서희 양이 20일부터 집에 들어오지 않았는데 신고는 왜 안 하셨습니까?"

조민준이 물었다.

"전에도 몇 번 그런 적이 있어서…… 가출이라고만 생각했어요. 전화를 안 받아도 한 이틀 있으면 평소처럼 아무 일 없었다는 듯 돌아와 밥 달라고 할 줄 알았어요. 그런데……."

여자는 터져 나오는 울음을 참으려는 듯 입술을 꽉 깨물었다. 하유리가 재빨리 티슈를 뽑아 여자에게 내밀었다. 조민준은 질문을 이어갔다.

"서희 양이 평소와 다른 행동을 하지는 않았습니까? 불안해한다거나, 아니면 겁을 내는 것 같았다거나."

"그런 건 없었어요. 좀 짜증을 많이 내긴 했지만, 그건 전학 간 학교에 적응하느라 그럴 거라고 짐작했어요. 게다가 원래도 살가운 성격은 아니었거든요."

"이곳으로 이사 온 지는 얼마나 되셨습니까?"

"6개월 정도 됐어요."

43

"혹시 이유를 여쭤봐도 되겠습니까?"

"그건⋯⋯."

여자는 잠깐 머뭇거리다가 대답을 이었다.

"집안에 이런저런 사정이 좀 있었어요. 다 말씀드릴 순 없는데, 아무튼 이사와 이번 사건은 관계가 없어요."

"알겠습니다. 다른 질문을 더 하기 전에 하 형사가 따님 방을 좀 둘러봐도 되겠습니까?"

"네, 그러세요."

여자의 말에 하유리가 재빨리 이야기했다.

"막 뒤지고 그러진 않을 거예요. 혹시 단서가 될 만한 게 있을까 싶어 그러는 거니 걱정하지 않으셔도 돼요."

"네."

여자는 힘없이 대답했다. 하유리가 얼른 일어나 거실을 가로질렀다. 조민준은 그 모습을 보며 다시 물었다.

"서희 양은 친구와 잘 지내는 편이었습니까? 가출을 자주 했다고 하셨는데 어떤 부류의 친구와 어울렸는지 알 수 있을까요?"

"우리 서희는 나쁜 애가 아니에요! 사춘기에 친구를 잘못 만났을 뿐이에요."

격한 반응이 돌아왔다. 여자는 주먹을 꽉 쥔 채로 예의 그 빨간 눈을 들어 조민준을 노려봤다. 이럴 때야말로 조민준은 난감했다. 어떻게 반응해야 할지 학습된 게 없었다. 게다가 여자의 대답은 맥락에 맞지도 않았다. 어떤 친구와 어울렸는지 물었는데 나쁜 애가 아니라니……. 조민준은 조심스레 입을 열었다.

"서희 양이 나쁘다는 뜻이 아닙니다. 그저……."

"가주세요! 너무 힘들어요. 가서, 우리 서희 죽인 그 범인이나 빨리 잡아주세요!"

여자는 그 말을 끝으로 아예 고개를 돌려버렸다. 대화를 안 하겠다는 뜻이었다. 조민준이 당황하고 있을 때 마침 하유리가 방에서 나왔다. 금세 상황 파악을 끝낸 하유리는 조민준을 향해 말했다.

"별다른 건 없었어요. 이제 그만 가도 될 것 같은데요."

"알겠어."

조민준도 소파에서 일어났다.

"어머니, 저희가 꼭 범인 잡을게요. 혹시 나중에라도 뭔가 생각나는 게 있으면 여기로 연락해주세요."

그 말과 함께 하유리는 탁자 위에 자기 명함을 올려놓았다. 여자가 그걸 힐끔 봤다. 여자는 두 사람이 나갈 때까지 같은 자세로 움직이지 않았다. 마치 생기를 잃고 굳어버린 석상처럼.

"뭘 찾았어?"

복도로 나가자마자 조민준이 하유리를 향해 물었다.

"어떻게 아셨어요? 제가 뭘 찾았다는 걸."

"너무 금방 나왔잖아. 그건 중요한 뭔가를 발견했다는 뜻 아니냐?"

"오! 역시. 제가 뭘 찾았는가 하면요…….'

하유리는 휴대폰을 들어 사진을 보여줬다. 사진 속에는 명함한 장이 찍혀 있었다. 하유리가 명함을 가리키며 말을 이었다.

"여기 보세요. 서랍에 들어 있던 건데, 평범한 중학생이 가지고 있을 만한 명함은 아니잖아요."

조민준은 명함 속 내용을 찬찬히 읽었다.

"윤민우. 경찰대학 치안대학원 교수?"

"보세요. 그것만이 아니고 범죄심리학자에다가 범죄 피해 청소년 심리 상담 센터를 운영하고 있기도 해요."

하유리가 거들었다.

"아무래도 이 사람과 연락해야겠어. 이 사진, 나한테 좀 보내줘."

조민준이 말했다.

"네."

하유리의 대답을 들으며 조민준은 생각에 잠겼다. 이런 명함을 가지고 있다는 건 죽은 김서희가 윤민우라는 사람과 접촉했다는 의미였다. '범죄 피해 청소년 심리 상담 센터'라는 긴 이름이 머릿속에 콕 박혀 사라지지 않았다. 당장에라도 다시 서희 집으로 가서 명함에 관해 물어보고 싶었지만 참았다. 서희 어머니는 도움이 될 만한 대답을 들려주지 않을 것이다. 그런 예감이 들었다. 더불어 딸에 대해서 뭔가를 숨기고 있다는 것도 어렴풋이 짐작할 수 있었다. 그 비밀이 무엇인지 알아내는 일이 수사의 시작이 될 거라고, 조민준은 생각했다. 그랬기에 SUV에 오르자마자 휴대폰을 꺼내 들었다. 그걸 보고 하유리가 물었다.

"연락하시게요?"

"응. 이왕이면 가서 직접 보고 이야기 나누면 좋을 것 같아서."

그렇게 말한 조민준은 망설이지 않고 번호를 입력한 뒤 '통화'를 눌렀다. 몇 번의 신호가 들리다가 이내 상대방이 전화를 받았다.

"네, 윤민우입니다."

"안녕하세요? 저는 강력범죄수사대의 조민준 팀장이라고 합니다."

"광수대 팀장님이 무슨 일로 연락을 주셨을까요?"

"수사 중인 사건 관련해서 여쭤보고 싶은 게 있는데 오늘 찾아봬도 될까요?"

"얼마든지요. 지금 바로 오시는 거라면 상담 센터 주소 찍어드릴 테니 여기로 와주세요. 기다리고 있겠습니다."

윤민우는 경찰 쪽 관계자답게 호의적이고 적극적이었다. 조민준은 통화를 끝내기 전 마지막으로 질문했다.

"네, 감사합니다. 하나만 먼저 묻겠습니다. 혹시 김서희 학생이라고 아십니까?"

잠깐의 침묵. 그리고 곧 대답이 돌아왔다.

"제게 상담받던 학생이었습니다. 그런데 무슨 일로…….."

"김서희 양이 죽은 채 발견됐습니다. 자세한 건 가서 설명드리겠습니다."

조민준은 전화를 끊자마자 SUV의 시동을 걸었다. 잔혹하게 살해당한 중학생이 심리 상담을 받고 있었다. 그리고…… 어머니는 그 사실을 숨겼다. 세 가지 다른 상황 사이에 어떤 연결 고리가 있는지 윤민우를 만나보면 알게 될 것 같았다.

주성호는 눈을 뜨자마자 화장실로 달려갔다. 편집하다가 새벽에 잠들어 여전히 피곤했지만 그것보다 배 아픈 게 먼저였다. 아무래도 새벽에 먹은 매운 라면 때문에 탈이 난 모양이었다. 부글거리는 배를 움켜쥐고 변기에 앉은 주성호는 그제야 한숨 돌렸다. 그러고는 그 상황에서도 잊지 않고 들고 온 휴대폰을 들여다봤다. 제일 먼저 확인한 건 역시 유튜브 알림이었다. 오늘도 별건 없었다. 댓글 몇 개가 달렸는데 대부분 욕이었다.

└사이버렉카질이나 하고 있으면 안 부끄럽냐?

└이 사건 끝난 게 언젠데 단물 오지게 빨아먹네!

└사이버렉카도 지능이 있어야 잘하는 듯.

└이슈킹이 아니라 뒷북킹인 것 같은데? ㅋㅋㅋ

"씨팔. 자기들도 궁금해서 클릭해놓고……."

보기 싫은 댓글 때문인지 배가 더 아픈 것 같았다. 대박을 노리고 유튜브를 시작했지만 여태 구독자 1만 명도 넘지 못했다. '이슈킹'이라는 이름의 채널을 만들어 말 그대로 온갖 이슈를 다루며 스무 개나 되는 영상을 제작했다. 그것도 두 달 사이에. 그래도 반응은 미적지근했다. 자극적인 제목과 섬네일도 소용 없었다. 똑같은 주제를 다룬 유명 채널에 비하면 조회수가 10분의 1도 나오지 않았다. 욕하는 댓글이 아무리 많이 달려도 조회수만 높다면, 그리고 구독자만 많다면 상관없는데 그게 아니라는 게 문제였다.

그저께 올린 건 한 아이돌 그룹의 멤버가 저지른 음주 운전 사건에 관한 영상이었다. 요즘 가장 화제가 되는 주제라 밤샘 작업을 해 올렸는데, 불과 하루 사이에 더 큰 사건이 터져버렸다. 톱스타의 불륜 소식이었다. 지난 새벽에 작업한 게 바로 그것과 관련한 뉴스였다. 이 이슈도 곧 묻힐 거라는 걸 주성호는 잘 알고 있었다. 사이버레커도 부지런해야 성공한다는 말이 괜히 나온 게 아니었다. 얼굴 팔 일 없고, 그저 자극적인 내용만 잘 정리해서 편집하면 될 줄 알았는데 오판이었다. 이슈를 선점하거나 아니면 이슈를 만들어내거나 둘 중 하나는 확실히 해야 하는 게 이 바닥이었다.

"어휴. 배는 왜 아프고 지랄이야, 지랄이."

괜히 짜증만 났다. 설사는 멈출 줄 몰랐다. 휴대폰이 진동한 건 바로 그때였다. 전화가 온 것이다. 주성호는 발신자를 확인했다. 하지만 '발신번호표시제한'이라고 뜰 뿐이었다.

"여보세요?"

찜찜했지만 일단 조심스레 전화를 받았다.

"이슈킹 채널 운영자 맞죠?"

중년 남자의 목소리가 그렇게 물었다. 순간, 덜컥 겁이 났다. 이쪽 유튜버로 활동하다 보면 명예훼손으로 고소당하는 경우가 종종 생긴다는 이야기를 들었다. 만약 그런 거라면 어떻게 해야 할까를 걱정하며 주성호는 대답했다.

"맞는데요, 무슨 일로 연락하셨을까요?"

"제보할 게 있습니다."

남자가 말했다.

"제, 제보라면 어떤……."

"미성년자를 노린 연쇄 살인 사건이 발생했습니다. 아직 경찰에서는 공식 발표를 하지 않았는데, 제가 이 사건에 대해 알고 있는 게 있습니다."

"잠깐만요, 선생님! 혹시 통화 내용을 녹음해도 되겠습니까?"

주성호는 심장이 두근대는 걸 느끼며 남자에게 물었다. 미성년자를 노리는 연쇄 살인이라니 그야말로 대박 사건이었다.

"녹음 괜찮습니다."

"네, 감사합니다. 그러면 선생님께서 알고 있다는 게 정확히 뭘까요?"

"그 전에 한 가지만 묻겠습니다. 제가 제보한 내용 그대로 내보낼 수 있습니까? 어떤 위험을 감수하더라도?"

주성호는 마른침을 삼키며 생각했다. 이건 진짜다! 고약한 장난도 아니고 영양가 없는 허튼소리도 아니다. 남자는 분명 뭔가를 아는 것이다. 이런 기회를 놓칠 수는 없었다.

"당연하죠! 이슈킹의 명예를 걸고 모두 그대로 영상에 담겠습니다."

"알겠습니다. 그렇다면 말씀드리겠습니다."

남자는 아주 잠깐 거칠게 숨을 몰아쉬었다. 그러고는 낮은 목소리로 말했다.

"세 건 모두 제가 저지른 범행이고, 죽은 아이 셋은 그럴 만한 죄를 지었습니다."

"네?"

주성호는 멍하니 되물었다. 어느새 설사는 멈췄고 배도 더는 아프지 않았지만 그는 변기에서 일어나지 못했다. 남자의 이야기가 끝날 때까지. 남자의, 기막힌 이야기가 끝날 때까지…….

범죄 피해 청소년 심리 상담 센터는 을지로에 있었다. 양주에서 을지로로 넘어갔을 때는 이미 오후 1시가 넘었다. 조민준과 하유리는 점심보다 윤민우와의 만남을 먼저 선택했다. 두 사람은 오래된 상가 건물 2층에 자리한 센터로 올라가 문을 두드렸다. 곧 문이 열리며 40대 초반의 남성이 모습을 드러냈다. 하유리가 검색해서 보여준 사진 속 모습과 크게 다르지 않았다. 총명하면서도 부드러운 인상이었다. 하유리의 말에 의하면 윤민우는 TV 출연도 잦았다. 집에 TV가 없는 조민준으로서는 처음 보는 사람일 뿐이었다.

"어서 오세요."

윤민우는 두 사람을 상담실로 안내했다. 그러고는 조민준과 하유리가 앉는 걸 보고 냉장고에서 음료수 캔을 꺼내 내밀었다.

"고맙습니다."

하유리가 고개를 숙이며 음료수를 받았다. 조민준이 먼저 입을 열었다.

"제가 전화했던 조민준이고, 이쪽은 같이 일하는 하유리 형사입니다. 시간 내주셔서 감사합니다."

"저야말로 연락해주시고, 와주셔서 감사합니다. 서희 소식을 나중에 들었다면 충격이 더 컸을 거예요."

윤민우는 어두운 표정으로 말했다.

"서희 양은 어떤 이유로 교수님께 상담을 받았습니까?"

조민준이 물었다.

"사실 이건 서희 부모님의 허락을 받아야 말씀드릴 수 있습니다."

"알고 있습니다. 하지만 서희 어머니는 상담 사실 자체를 숨겼습니다."

조민준의 말에 윤민우는 고개를 끄덕였다.

"네, 그런 거라고 짐작했습니다. 그러니 직접 찾아오셨겠죠. 사실대로 말하는 게 서희 어머님 입장으로는 쉽지 않았을 거예요."

"김서희 양이 어떤 피해를 입었습니까?"

조민준의 질문에 윤민우는 대답 대신 작게 한숨을 쉬었다. 조민준이 뭔가 더 말하려는데 하유리가 쿡 옆구리를 찔렀다. 기다려보라는 뜻이었다. 잠시 후 윤민우가 한층 어두운 표정으로 입을 열었다.

"정확히 말하자면, 서희는 피해자가 아닙니다."

"그러면……."

"서희는 형법 제9조에 해당하는 촉법소년으로……."

"혹시 가해자인 겁니까?"

윤민우의 말을 자르며 조민준이 물었다.

"네, 서희가 가해자입니다. 친구를 집단 폭행해 사망에 이르게 했죠. 하지만 형사 처벌은 받지 않았어요. 당시 중학교 1학년, 촉법소년에 해당하는 나이였거든요."

"그, 그런데 가해자가 왜 이런 곳에서 상담받은 거죠?"

이번에는 하유리가 물었다. 불편해하는 표정을 그대로 드러낸 채로.

"저는 형법 제9조 안에서는 가해자 미성년 역시 피해자의 테두리에 들어가야 한다고 생각합니다. 물론 사회의 시선에서 보자면 형사미성년은 제대로 처벌받지 않은 범죄자일 뿐이지만 그런 아이 역시 이 사회가 낳은 피해자일 수도 있죠."

"그런 식으로 범죄를 합리화할 수는 없어요. 저는 아무리 어려도 잘못에 대한 벌은 받아야 한다고 생각합니다."

하유리는 어쩐 일로 물러서지 않았다.

"알아요. 그게 일반적인 생각이고, 저도 공감해요. 하지만 형사미성년으로 범죄를 저지른 다수의 아이가 얼마나 불우하고 비정상적인 가정에서 사는지 아세요? 서희도 마찬가지였습니다. 집단 폭행에 가담한 다른 다섯 명 역시……."

"잠깐!"

조민준은 자기도 모르게 목소리를 높였다. 윤민우와 하유리가 동시에 조민준을 쳐다봤다.

"팀장님, 왜 그러세요?"

하유리가 그렇게 묻는 사이, 조민준은 재킷 안주머니에서 수첩을 꺼냈다. 그러고는 최근 페이지를 펼쳐 윤민우에게 보여 줬다.

"혹시 이 두 명도 아십니까? 김민수와 강현민입니다. 둘 다 한 달 사이에 살해당했고…….."

"민수와 현민. 이, 이 아이들 모두 제가 상담하고 있었어요. 서희와 같은 사건에 연루되었거든요."

윤민우는 더듬거리며 대답했다. 조민준과 하유리는 서로를 바라봤다. 그때였다. 조민준의 휴대폰이 요란하게 진동했다. 박두혁이 걸어 온 전화라는 걸 확인한 조민준은 급히 휴대폰을 들었다.

"박 형사?"

"팀장님, 큰일 났습니다! 네 번째 사건을 예고하는 동영상이 떴습니다!"

조민준은 박두혁의 말을 듣는 동시에 윤민우를 봤다. 윤민우는 눈을 동그랗게 뜬 채로 수첩을 내려다보고 있었다. 다행히 사건의 실마리를 얻었다. 하지만…… 그걸 당겨내면 낼수록 엄

청나게 복잡하고 끔찍한 무언가가 달려 나올 것 같은 불길한
예감을 지울 수 없었다.

2부. 단죄자

안녕하십니까?

이슈킹 TV의 이슈킹 인사드립니다. 오늘 제가 이렇게 모습을 드러낸 건 정말 엄청난 소식을 가져왔기 때문입니다.

그 소식 듣기 전에, 먼저 '구독'과 '좋아요' 눌러주시면 감사하겠습니다.

자, 그러면 오늘의 이슈, 그야말로 대박 이슈 소개해드리겠습니다. 이건 아직 경찰도 공식 발표를 하지 않은 따끈따끈한 소식이라는 점 강조하면서 본론으로 들어가겠습니다.

오늘 아침 뉴스에 잠깐 다뤄지긴 했는데요, 근래 한 달간 미성년자 셋이 연달아 살해당하는 끔찍한 사건이 있었죠. 그게 말입니다, 아주 충격적인 연쇄 살인 사건입니다! 그것도 미성년자 연쇄 살인 사건이죠!

이렇게만 이야기하면 어린 청소년을 죽인 이 범인이 정말 나쁜 놈이라고 생각하실 겁니다. 고작 중학교 2학년밖에 안 된 소년과 소녀 셋을 죽였으니까요. 그것도 아주 잔인한 방식으로.

그런데 말입니다, 이 사건에 아주 큰 반전이 숨어 있었습니다.

그것이 뭘까요?

그건 바로바로…… 죽은 세 명의 청소년이 살인자라는 겁니다!

놀라셨죠? 저도 진짜 깜짝 놀랐습니다.

이 셋은 다른 두 명과 함께 친구를 집단 폭행해 죽인 죄로 경찰에 체포되었습니다. 그때가 바로 중학교 1학년, 그러니까 다시 말해서 촉법소년이었던 거죠, 촉법소년! 죽은 셋을 포함해서 다섯 명 모두 형사 처벌을 전혀 받지 않았습니다. 소년원에 간 아이도 없어요. 와! 이거 진짜 소름 아닙니까?

정리를 좀 해보겠습니다.

이번에 죽은 아이까지 세 명, 모두 촉법소년으로 친구를 죽이고도 벌을 받지 않았습니다. 그리고 6개월 정도가 흐른 지금 이렇게 차례대로 살해당한 겁니다.

이게 모두 우연일까요?

아니죠! 절대 아닙니다.

이 셋은 계획적으로 살해당했습니다. 저는 범인이 누구인지 알고 있습니다. 왜냐? 범인이 직접 제보했거든요!

저는 범인, 그러니까 제보자와의 약속대로 피해자이자 가해자였던 세 명의 신상을 공개하겠습니다. 그리고 이 애들이 어떤 잘못을 저질렀는지 앞으로 낱낱이 소개해드리겠습니다!

오늘 영상을 끝내기 전, 제보자가 한 이야기를 마지막으로 전하겠습니다.

제보자는 이렇게 말했습니다.

네 번째 사건을 곧 저지를 거라고.

아! 그리고 제보자는 이런 말도 했습니다.

형법 제9조 뒤에 숨은 여러 A군을 처단하는 일이니 앞으로 이 사건을 'A군 연쇄 살인 사건'이라 불러달라고.

조민준은 영상의 조회수를 확인했다. 불과 4분 남짓한 길이의 영상을 보는 중에도 조회수는 실시간으로 올라가 지금은 40만을 넘었다. 영상이 올라온 건 두 시간 전, 윤민우와 만나고 있을 때쯤이었다.

"난리 났네요. 하아."

서민국이 한숨을 쉬며 말했다. 다른 이들은 말이 없었다. 일이 심각하게 꼬여버렸다는 걸 다들 알고 있었다. 경찰이 공식 발표도 하기 전에 일개 유튜버가 중요한 정보를 공개했다. 이제 각종 언론은 물론이고 또 다른 유튜버도 이 사건에 한 마디씩 보탤 게 뻔했다. 뒤를 이어 경찰의 무능을 질타하고, 촉법소년에 대한 무차별적 공격이 시작될 것이다. 최악인 건 피해자인 세 아이의 얼굴과 신상이 모두 공개됐다는 데 있었다.

"이 유튜버 소재 파악했어?"

자칭 이슈킹이라는 유튜버는 커다란 선글라스에 마스크까지 착용하고 있었다. 얼굴의 대부분을 가린 터라 지인이라 해도 누구인지 알아보는 건 불가능할 것 같았다.

"찾고는 있는데, 쉽지 않네요. 채널에 자기 정보를 남기지 않았거든요."

최현수가 조민준의 질문에 대답했다.

"영상 내리는 건?"

조민준은 다시 물었다.

"아시잖아요. 유튜브는 자체 검열에 걸리지 않는 이상 영상 내려달라고 협조 요청해도 꿈쩍 않는다는 거. 게다가 이미 여기저기로 다 퍼져 나갔어요."

이번에는 정민호가 대답했다.

"음……."

조민준은 생각에 잠겼다. 난감한 상황이었다. 이슈킹의 말이 사실이라면, 범인이라 주장하는 사람이 유튜브를 통해 자기 입장을 내세운 모양새가 된다. 이미 내용의 진위는 상관없는 일이 되었다. 이런 양상이 되면 여론은 먼저 입을 연 쪽으로 움직인다. 경찰은 범인을 잡는 것과 함께 피곤하고 소득 없는 여론 전도 펼쳐야 하는 상황이 된 것이다.

"범인을 잡는 것도 중요하지만 네 번째 희생자가 나오는 걸 우선으로 막아야 하지 않을까요?"

박두혁이 물었다.

"맞아. 그게 먼저야. 하 형사, 알아낸 걸 브리핑해봐."

조민준의 말에 하유리가 회의실 앞으로 나갔다. 그러고는 윤민우에게 들은 내용을 모두에게 전하기 시작했다.

"죽은 김민수, 강현민, 그리고 김서희는 강남에 있는 중학교에서 같은 학년 같은 반 친구로 지냈어요. 세 명 외에 도윤호와 박수호가 이들 무리의 일원이었어요. 이른바 이 다섯 명이 일진이었던 거죠. 사건은 작년 11월 초에 벌어졌어요. 반에 경계선 지능인인 아이가 있었는데, 안타깝게도 이 무리의 표적이었대요. 평소에도 늘 괴롭혀오다가 사건이 벌어진 날에는 유독 더 못살게 굴었던가 봐요. 괴롭힘당하던 아이가 버럭 화를 낼 정도로. 그렇게 되자 이 애들이 보복 폭행을 한 거예요. 방과 후에 다섯 명이 이 아이 한 명을 둘러싸고 무려 두 시간이 넘도록 계속 때리고 밟았죠. 결국 아이가 정신을 잃은 걸 보고서야 폭행을 멈췄는데, 그땐 이미 돌이킬 수 없는 상황이 되었대요. 그런데도 애들은 아무 일 없었다는 듯 각자 집으로 향했고, 쓰러진 아이는 몇 시간 후에 죽은 채 발견된 거죠. 애들이 죽은 아이를 끌고 들어가는 모습이 CCTV에 고스란히 찍혀서 바로 체포할 수 있었지만······."

"전부 촉법소년이라 풀려났다는 거지?"

박두혁의 물음에 하유리는 고개를 끄덕였다.

"네. 다섯 명 모두 형사 처벌을 받지 않았고 이 사건은 언론에도 다뤄지지 않은 채 묻혔어요. 물론 한 명만 빼고 가담한 아이 넷은 강제 전학을 갔지만 그게 전부였어요. 죽은 아이의 가족 입장으로는 분노할 수밖에 없었겠죠."

하유리가 이야기를 끝내자 넓은 회의실 안에 침묵이 맴돌았다. 모두 복잡한 표정이었다. 침묵을 깬 건 조민준이었다.

"감상에 젖을 시간 없어. 가치 판단도 나중으로 미룬다. 지금 중요한 건 남은 아이 둘, 도윤호와 박수호의 신병을 확보하는 거야. 동시에 유력 용의자라 할 수 있는 죽은 아이의 가족을 찾아야 해."

"그 아이에 관한 정보는 없습니까?"

서민국이 물었다.

"없어. 윤민우 교수도 경찰이 제공한 정보와 상담한 아이의 입에서 나온 이야기를 듣고 우리에게 전했을 뿐이야. 죽은 아이도 미성년자인 만큼 정보 공개가 안 된 상황이야. 이건 당시 사건을 담당했던 강남서에 협조 요청을 할 수밖에 없어."

"사건에 연루된 아이 중 넷을 상담했는데, 그 네 명 모두 죽

64

은 아이를 두고 돌덩이라고만 불렀대요."

하유리가 불쑥 끼어들었다. 목소리와 말투에 분노가 섞여 있었다. 그는 윤민우를 만나고 돌아오는 중에도 계속 흥분한 상태로 가해 학생 다섯을 성토했다.

"하 형사, 지금은 개인의 감정에 흔들릴 때가 아니야. 무슨 말인지 알지?"

조민준이 정색하며 물었다. 하유리는 마지못해 대답했다.

"네, 죄송합니다."

"좋아. 다들 움직이지. 강남서에는 나와 하 형사가 간다. 박 형사와 서 형사는 도윤호 집으로 가고, 최 형사와 정 형사는 박수호 집으로 간다. 무슨 일 있으면 바로 보고하고, 없더라도 각자 목적지에 도착하면 연락해. 오케이?"

"네!"

다들 힘차게 대답하는 걸 보며 조민준은 일어났다. 지금부터 서너 시간이 무척 중요할 거라고 그는 생각했다. 만약 저녁이 될 때까지 뚜렷한 성과를 내지 못한다면 이 사건은 복잡하게 꼬일 것이다. 한 번 꼬인 사건을 다시 풀어내는 게 얼마나 힘든지 조민준은 잘 알고 있었다.

박수호는 학원 화장실에 숨어 이슈킹 TV에 올라온 영상을 봤다. 학원 애들 모두 너도나도 이슈킹 이야기뿐이었다. 다행히 아직 자기 얼굴은 나오지 않았다. 하지만 '박수호'라는 이름은 그 유튜버가 이미 꺼냈다. 흔치 않은 이름인 데다가 학원 애들 대부분은 '그 사건'을 알고 있었다. 소문이 퍼지는 건 시간문제였다. 거기에 더해 신상이 공개되기라도 한다면 고등학교는 물론이고 대학까지 꼬리표가 따라붙을 게 뻔했다. 그러면 아빠 엄마가 그토록 원하는 검사가 되는 일에도 지장이 있을 것이다. 그렇게 생각하자 화가 치밀었다. 더러운 사이버레커 새끼도 짜증 났고, 살인범이라는 그놈한테도 화가 났다. 그리고 무엇보다, 벌레처럼 맥없이 죽어버린 돌덩이가 원망스러워 미칠 지경이었다.

"다들 병신이야."

휴대폰을 꽉 쥐며 중얼거렸을 때였다. 엄마한테서 전화가 왔다. 박수호는 정신을 번쩍 차리고 전화를 받았다.

"어, 엄마!"

"학원이니?"

엄마 목소리가 평소보다 훨씬 더 날카로웠다.

"응. 학원."

"윤 기사 보낼 테니까 거기 꼼짝 말고 있어! 지금 어떤 상황인지 너도 알지?"

"알아……."

"학원에는 내가 말해놓을 테니까 넌 10분쯤 후에 빌딩 앞으로 나와. 알았어?"

"응."

"어휴. 무슨 일이니, 이게. 쯧."

쯧.

그 소리가 유독 크게 들렸다. 엄마는 다른 말은 하지 않고 전화를 끊었다. 박수호는 휴대폰을 주머니에 넣고 화장실에서 나왔다. 교실로 돌아가 가방을 챙겨 나올까를 고민하다가 그냥 엘리베이터에 탔다. 학원 애들이 호기심 어린 눈빛으로 쳐다볼 게 뻔했다. 그럴 바에야 좀 더워도 밖에서 기다리는 게 마음 편할 것 같았다.

"근데 진짜 죽은 건 맞는 거야?"

박수호는 1층으로 내려가는 엘리베이터 안에서 조용히 중얼거렸다. 도무지 믿기지 않았다. 살해당했다는 애들과는 그 사건, 아니 사고 이후 전혀 연락하지 않았다. 엄마의 불호령에 번호도 다 지웠다. 생각해보면 다들 그렇게 친했던 건 아니었다. 그럼에도 1학년 내내 붙어 다녔다. 다들 부자에다가 잘나갔고 잘 놀았다. 그래서 자연스레 어울렸다. 딱히 싸움을 잘하는 건 아니었다. 중학교 1학년쯤 되면 싸움 좀 한다고 일진이 될 수 없다는 건 다들 알았다. 특히 강남에서는 그랬다. 집이 얼마나 부자이고 부모님 직업이 뭔지에 따라 서열이 갈렸다. 그런 걸로 보면 가난한 데다가 지능도 떨어지는 돌덩이는 최

67

하층민이었다. 그런 새끼는, 엄마 말대로라면 이 사회에 쓸모 없는 존재였다. 그런데 바로 걔 때문에 이런 엄청난 사건이 생겼다. 생각할수록 짜증이 났다.

빌딩 입구에 서서 차가 오길 기다렸다. 그동안 박수호는 유튜브 영상에 달린 댓글을 확인했다. 거의 다 자기를 포함해 죽은 애들을 욕하는 댓글이었다.

"좆 까. 씨팔."

박수호가 댓글을 보며 그렇게 말했을 때였다. 엄마의 BMW가 빌딩 앞 도로에 미끄러지듯 섰다. 윤 기사가 도착한 것이다. 얼른 달려가 뒷문을 열고 차에 탔다. 짜증과 화가 반씩 섞인 감정은 그대로 윤 기사에게 향했다.

"아 씨! 왜 이렇게 늦었어요?"

윤 기사는 대답하지 않았다. 박수호는 더 울컥했다.

"지금 내 말 씹어요?"

그래도 반응이 없었다. 그저 정면만 보고 있었다. 평소라면 미안하다며 쩔쩔맬 텐데…….

"아저씨?"

그러고 보니 조금 이상했다. 윤 기사라고 하기에는 덩치가 너무 작았다. 어깨도 구부정하고 뒷머리도 너무 수북하니 길었다. 섬뜩한 느낌을 받은 박수호가 뒷문을 열기 직전, 운전석에 앉아 있던 그 남자가 몸을 홱 돌렸다.

"아……."

박수호가 비명을 지르는 것보다 남자가 손을 뻗는 게 빨랐
다. 다음 순간, 전기충격기가 박수호의 무릎에 닿았다. 스파크
가 튀었다. 박수호는 부들부들 떨다가 이내 정신을 잃었다.

강남경찰서 청소년계의 이주호 형사는 복잡한 표정으로 한
숨부터 쉬었다. 셋은 경찰서 뒤편 등나무 벤치에 앉아 있었다.
그는 담배를 꺼내 물려고 하다가 조민준과 하유리가 미동도
하지 않자 다시 슬그머니 주머니에 넣었다. 그러곤 또 한숨을
푹 쉬었다.

"하아. 이게 말입니다, 아시겠지만…… 저희도 고충이 참 많
거든요."

"알아요. 청소년 쪽이 특히 더 어렵다고 하잖아요."

하유리가 얼른 말했다. 조민준은 잠자코 있었다.

"말도 마세요. 잘못이란 잘못은 다 저질러놓고 촉법소년 운
운하는 애들이 한둘이 아니거든요."

"요즘 특히 더 그런다면서요?"

하유리는 적당한 순간에 적당한 반응을 보일 줄 알았다.

"제가요, 기독교 모태신앙이거든요. 그래서 성선설을 믿어
왔는데, 요즘은 그게 흔들린다니까요. 청소년, 그중에서도 형
사미성년 애들 범죄 저지르는 걸 보면 성악설이 맞는 게 아닌

가 싶어요."

"그래서 작년 11월 사건은 어땠습니까?"

조민준이 더 기다리지 못하고 물었다.

"사건 자체는 듣고 오신 그대로예요. 중학교 같은 반 일진 다섯이 한 명을 집단 폭행해 숨지게 만든 거죠. 가해자 다섯이 형사미성년이기도 했는데, 그것도 그런 데다가 다들 집안이 빵빵했어요. 돈이 많거나 아니면 '사' 자 들어가는 직업이거나, 아니면 둘 다이거나. 그 무리에서 주동자 역할을 했던 애는 무려 외할아버지가 현직 판사에다가 어머니는 검사, 아버지는 의사였거든요. 그러니 뭐, 아주 그냥 속전속결로 처리됐죠."

이주호가 고개를 절레절레 저으며 말했다.

"형사야 그렇다 해도 피해자 쪽에서 민사소송을 걸진 않았습니까?"

조민준이 다시 물었다.

"민사요? 어휴, 말도 마세요. 지금 그 집안 꼴이 어떤지. 엄마 혼자서 애들 둘을 키웠는데 사건 이후로 아예 드러누워 일어나지도 못한대요. 죽은 애 동생이 겨우 간호한다는데 딱하게 됐죠, 뭐. 그러니 소송이고 뭐고 할 여력이 안 돼요. 아시잖아요? 그런 것도 힘이 있어야 대거리한다는 거."

"그런데 얄궂게도 이런 사건이 벌어졌네요."

하유리가 조용히 말했다.

70

"그래서 제가 깜짝 놀랐잖아요! 분명 보복 범행인데, 피해자 쪽에선 그렇게 할 만한 사람이 없거든요. 거기다가, 여기저기 전학 간 애들을 무슨 수로 다 찾아냈는지 그것도 미스터리고."

이주호는 목소리를 높였다.

"그 피해자 학생 주소를 좀 알 수 있을까요? 아무래도 가봐야 할 것 같아서."

"그럼요. 필요하실 것 같아서 여기 신상이랑 해서 다 뽑아 왔어요. 한번 보세요."

그 말과 함께 이주호는 내내 옆구리에 끼고 있던 서류를 내밀었다. 하유리가 그걸 받아 들었다.

"시간 내주셔서 감사합니다. 마지막으로 하나만 묻겠습니다. 혹시 범인이라 짐작할 만한 인물이 있을까요?"

조민준의 질문에 이주호는 한참 생각하더니 피식 웃으며 대답했다.

"정의의 기사, 아니면 히어로 뭐 그런 존재 아닐까요? 죽은 애 모습을 봤다면 다들 진심으로 분노했을 겁니다. 너무 맞아서 얼굴을 못 알아볼 정도였어요. 똥오줌을 쌀 때까지 때리고 밟았더라고요, 그놈들이."

조민준과 하유리는 이주호에게 인사를 건넨 뒤 SUV에 올랐다.

"저는요, 팀장님. 애들이고 뭐고 잘못했으면 싹 다 잡아넣어야 한다고 생각해요."

하유리는 벌겋게 달아오른 얼굴을 하고서 말했다.

"그런 건 우리가 판단할 문제가 아니야. 지금은 더 이상의 피해자가 나오는 걸 막아야 해. 그게 우선이야."

조민준의 말에 하유리는 입술을 비죽 내밀었다.

"알아요. 아는데, 그래도 화나는 걸 어떻게 해요!"

"그러고 있지 말고 주소 좀 불러봐."

하유리는 그제야 서류를 펼쳐 들었다. 그러고는 자기가 먼저 내비게이션에 주소를 입력했다. 강남서에서 목적지까지는 30분이 채 걸리지 않았다.

"죽은 아이 이름을 이제 알았네요. 김하민이에요. 여기 나와 있어요."

서류를 들여다보며 하유리가 말했다. 조민준은 대답 없이 묵묵히 운전에 집중했다. 반응이 없자 하유리도 한마디를 더 하고는 입을 닫았다.

"형사미성년이라고 무조건 봐주는 게 맞는지 모르겠어요."

30분 후 두 사람은 강남구 개포동에 있는 한 빌라에 도착했다. 건물 이름은 우리빌라였다. 엘리베이터 없는 5층 건물로 지금껏 무너지지 않고 서 있는 게 놀라워 보일 정도로 낡아 있었다.

"여기 지하 1층이지?"

조민준이 물었다.

"네. 구조 보니까 반지하도 아니고 그냥 지하네요."

하유리는 서류와 빌라 내부를 번갈아 보며 말했다.

"일단 내려가보자고."

그렇게 말하며 조민준이 안으로 들어갔다. 매캐한 먼지가 허공에서 춤을 추고 있었다. 정체 모를 악취도 풍겼다. 두 사람은 좁고 가파른 계단을 내려가 어두운 지하에 섰다. 전등 같은 건 켜지지도 않았다. 동굴 속에 들어온 듯 캄캄하고 서늘했다. 하유리가 휴대폰을 꺼내 조명을 켜자 비로소 녹슨 철문 하나가 보였다. 매직으로 '지하 1'이라고만 적혀 있었다. 초인종도 없었다.

"여긴 집이 아니라 거의 창고 같은데요?"

하유리의 말에 조민준도 고개를 끄덕였다. 분명 사람이 살 수 없는 공간을 무리해 집으로 만든 것 같았다.

"계십니까?"

조민준이 문에 가까이 다가가 소리를 높여 물었다. 아무런 대답도 돌아오지 않았다.

"아무도 안 계세요? 경찰에서 나왔습니다."

다시 말했지만 마찬가지였다. 한참 기다리던 조민준이 문을 두드리려고 손을 들었을 때였다. 철컹, 하는 소리와 함께 문이 조금 열렸다. 그러고는 아주 여린 목소리가 들려왔다.

"진짜 경찰이세요?"

아직 변성기도 지나지 않은 듯한 앳된 목소리였다. 긴장한 탓인지 그 목소리 끝이 파르르 떨렸다. 이번에는 하유리가 나섰다.

"맞아. 경찰이야. 혹시 괜찮으면 문 좀 열어줄래?"

"잠깐만요."

잠시 후, 문이 조금 더 열리며 말간 얼굴의 소년이 모습을 드러냈다. 체구가 작은 소년은 기껏해야 초등학교 고학년, 아니면 중학교 1학년 정도로 보였다. 조민준은 죽은 김하민에게 동생이 있다는 서류 속 정보를 떠올렸다. 이름이…….

"네가 하윤이구나. 김하윤. 맞지?"

역시 하유리는 기억하고 있었다. 김하윤은 말없이 고개를 끄덕했다. 딱히 경계하는 눈치는 아니었다. 이 소년에게는 경찰의 방문이 익숙한 듯했다.

"잠깐 들어가서 이야기 좀 나눌 수 있을까?"

조민준의 물음에 김하윤은 곤란해하는 표정을 지었다. 그러고는 말했다.

"집이 너무 더러운데…… 그래도 괜찮으면 들어오세요."

"괜찮지, 그럼. 우린 그런 거 신경 안 써."

하유리가 재빨리 말했다. 그러자 김하윤이 문을 활짝 열었다. 파리한 형광등 불빛이 밖으로 새어 나왔다. 더불어 역한 냄

74

새도. 조민준은 음울함이 감도는 그 공간으로 망설이지 않고 들어갔다.

집은 겉보기로 짐작한 것보다 더 좁았다. 방 하나와 거실 하나가 전부였다. 그나마도 옷이며 종이 상자 같은 것들이 아무렇게나 널브러져 있어 더 좁아 보였다. 거실 한쪽 구석에는 나이 든 여자가 죽은 듯이 누워 있었다. 조민준은 집 안을 떠도는 악취의 근원이 여자라는 걸 단번에 알아챘다.

"앉으세요."

김하윤이 한 무더기의 종이 상자를 옆으로 밀며 말했다. 조민준과 하유리는 적당히 거리를 두고 앉았다. 잠시 어색한 침묵이 맴돌았다. 조민준은 한눈에 들어오는 집 안을 새삼 둘러봤다. 곰팡이가 자리 잡은 벽지 위에 흰색 상장이 다닥다닥 붙어 있었다. 족히 수십 장은 돼 보였다.

"저것들은 뭐니?"

조민준이 상장을 가리키며 물었다. 김하윤은 그런 게 붙어 있는 걸 새삼 깨달은 듯 움찔 놀라더니 이내 대답했다.

"아! 제가 초등학교 때부터 지금까지 받은 상이에요. 엄마가 붙여놓으셨어요. 매일 보고 싶다고."

"와! 이게 전부 네가 받은 거라고? 하윤이 너 공부 잘하는구나."

하유리의 칭찬에 김하윤은 설핏 미소를 지었다. 이 집과는

75

너무도 어울리지 않는 천진한 미소라고, 조민준은 생각했다. 습기를 잔뜩 먹어 쭈글쭈글한 벽지와 새하얀 상장이 안 어울리는 것처럼.

"형아 때문에 오신 거예요?"

김하윤은 그렇게 묻고는 조민준과 하유리를 번갈아 봤다. 누가 대답을 해주겠느냐는 듯이. 입을 연 건 조민준이었다.

"아니야. 우리는 다른 일 때문에 왔단다."

"아! 그러면 혹시…… 그 사건 때문에……."

눈을 크게 뜨며 말하는 김하윤을 향해 하유리가 물었다.

"알고 있구나. 누구한테 들었어?"

그때였다. 누워 있던 여자, 김하윤의 엄마가 발작이라도 일으키듯 기침을 해댔다. 저러다가 숨이라도 멎는 게 아닌가 할 정도의 격렬한 기침이었다. 조민준과 하유리가 엉거주춤 일어났다. 그 순간 김하윤이 한발 먼저 움직여 주방으로 달려갔다. 그사이 김하윤의 엄마가 부들부들 떨면서도 상체를 일으켜 세웠다. 다행히 기침은 조금 잦아들었다.

"우리도 듣는 귀가 있고, 보는 눈이 있습니다. 노트북도, 휴대폰도 있어요."

여자의 목소리와 발음은 병색이 완연한 몰골에 비해서는 꽤 선명했다. 무엇보다 눈빛이 살아 있었다. 형형하다고 해도 좋을 정도로 번득였다.

"맞아요. 취약 계층 애들한테 학교에서 주는 게 있거든요. 옛날 모델이라 좀 느리긴 하지만 인터넷 하는 덴 문제 없어요."

어느새 물을 가지고 온 김하윤이 말했다.

"그렇구나."

조민준은 거기까지 말하고 입을 닫았다. 어떻게 이어가야 할지 알 수 없었다. 이런 적은 처음이었다. 눈앞에서 맑은 표정으로 엄마에게 물을 먹이는 소년도, 플라스틱 잔마저 힘겹게 들고 물을 마시는 소년의 엄마도 범인이 아니라는 건 확실했다. 뭔가를 알아내려고 찾아왔다는 것 자체가 어리석게 느껴질 정도였다. 하유리도 마찬가지 심정인 듯했다. 이 햇병아리 형사는 거의 울 것 같은 표정이었다.

"우리 하민이 그렇게 가고 난 뒤에 제가 쓰러졌습니다. 버텼어야 하는데 충격이 너무 커서 그랬는지 큰 병을 얻었습니다. 보시다시피 지금은 이 모양 이 꼴입니다. 제가 아무것도 못 하니까 하윤이가 폐지 주워서 겨우 지내고 있습니다. 학교도 잘 못 나가고. 하윤이가 말해주더군요. 그 영상 밑에 우리가 범인이라고 쓴 사람이 많다고. 차라리 제가, 이 박수미가 그 범인이면 좋겠습니다."

김하윤의 엄마, 박수미는 쌕쌕 숨을 몰아쉬며 말했다. 그 말을 듣고 있던 김하윤이 조용히 중얼거렸다.

"그래도 그 새끼들 죽은 건 기분 좋아요."

김하윤은 '새끼들'이라 말할 때 발음을 흐렸다. 그 정도 욕에도 익숙하지 않은 아이라는 걸 조민준은 깨달았다.

"그러면 어머니께서는 짐작되는 게 전혀 없습니까?"

조민준의 질문에 박수미는 고개를 저었다.

"없어요. 그만 돌아가주세요."

"그, 그래요. 팀장님. 일단 우리가 더 알아보죠, 네?"

하유리가 먼저 일어나며 말했다. 조민준 역시 다른 말을 하지 않고 하유리를 따라 일어났다.

"실례 많았습니다. 몸조리 잘 하시기를 바랍니다."

그 인사를 마지막으로 조민준과 하유리는 밖으로 나갔다. 그러자 김하윤이 쪼르르 따라 나왔다. 인사라도 할 줄 알았는데 김하윤은 문을 살며시 닫더니 전혀 예상치 못한 말을 했다. 아주 작은 목소리로 속삭이듯이.

"사실…… 한 달 전쯤 어떤 아저씨가 우리 집에 찾아왔어요."

"그래서?"

하유리가 눈을 동그랗게 뜨고 물었다.

"저한테 이것저것 물었어요. 형아 사건에 대해서. 그땐 엄마가 병원에 가서 저 혼자 있었거든요."

"뭐라고 물었는데?"

조민준은 하유리와 김하윤의 대화를 들으며 머릿속을 정리했다. 소년의 말대로라면 의도적으로 접근한 누군가가 있었다는 뜻이 된다.

"그때 누가 있었는지 아느냐, 모두 어디로 갔는지 아느냐 같은 걸 물었어요. 그리고 마지막에는 이 질문도 했어요."

"어떤 질문?"

"복수…… 하고 싶냐고……."

휴대폰이 쉴 새 없이 진동했다. 모두 섭외 전화였다. 윤민우는 받지 않고 내버려두었다. 이미 저녁이 다 되어가는데도 이토록 끈질기게 전화가 온다는 건 방송국이 미끼를 제대로 물었다는 뜻이다. 촉법소년은 평소에도 뜨거운 논쟁거리고 전문가 사이에서도 의견이 첨예하게 갈리는 주제다. 윤민우는 지금껏 여러 토론 프로그램에 출연해 촉법소년, 그러니까 형사미성년을 인정하는 지금의 형법 제9조를 유지해야 한다는 논조로 계속 이야기해왔다. 수많은 아이를 상담하고 그 결과를 분석하면서 윤민우는 자기 생각이 옳다는 걸 새삼 확인하곤 했다. 그랬기에 아무리 악성 댓글이 달리고 노골적인 비아냥을 들어도 주장을 굽히지 않았고, 그건 지금도 변함이 없었다. 다만 자기가 상담하던 아이 여럿이 이 사건의 피해자가 된 현시점에는 말을 아껴야 한다는 게 윤민우의 생각이었다.

그는 상담 센터에서 나가려고 서서히 준비했다. 집으로 돌아가거나 아니면 치안대학원으로 가서 시간을 보내는 것도 좋은 방법일 듯했다. 아무려나, 기자가 이곳까지 찾아오는 것보다는 나을 것 같았다.

가방까지 다 챙기고 마지막으로 휴대폰을 집어 들려 할 때였다. 다시 전화가 왔다. 이번에는 '발신번호표시제한'이었다. 윤민우는 고개를 갸우뚱했다. 적어도 자기가 아는 한에서는 이렇게까지 해서 전화를 걸어 올 기자는 없었다. 전화는 끊어지지 않았고, 휴대폰은 계속 진동했다. 꺼림칙한 집요함이 느껴졌다. 한참을 망설이던 윤민우는 결국 전화를 받았다.

"여보…… 세요?"

"윤민우 씨."

상대방은 남자였다. 목소리만으로는 중년인 듯했고, 차분한 성격에 체구도 그리 크지 않을 것 같았다. 마르고 왜소하다. 적어도 그 정도 정보는 얻을 수 있었다.

"네. 윤민우 맞는데, 누구시죠?"

"나는 단죄자라고 합니다."

단죄자?

윤민우는 얼른 펜을 꺼내 아무 종이에나 그 단어를 적어 넣고는 '흔히 쓰지 않는 단어'라고 메모했다. 그러고는 물었다.

"무엇을 단죄한다는 거죠?"

"잘못을 저지른 아이들."

'무엇을'이라고 물었는데, '누구를'에 대한 답을 내놓았다. 답을 준비해놓았거나 아니면 학습한 그대로를 말하는 중일지도 모른다고 윤민우는 생각했다. 그는 조심스레 시험해보기로 했다. 전자인지, 아니면 후자인지.

"장난 전화라면 끊겠습니다."

"그 아이들 중 한 명을 데리고 있습니다."

"네?"

아무래도 전자 같았지만, 지금 중요한 건 그게 아니었다. 적어도 상대방 남자가 장난치거나 거짓말하는 것 같지는 않았다.

"지금부터 제가 하는 말을 경찰에 전하세요. 언론에는 내 방식대로 전할 테니."

"아이를 데리고 있다니 누굴 말하는 겁니까?"

"박수호 군. 당신에게 상담받지 않은 유일한 아이."

"아……."

"사흘. 사흘의 시간을 주겠습니다. 오늘이 24일이니 5월 27일까지 형법 제9조의 수정이 이루어지지 않으면 이 아이가 죽는 모습이 유튜브를 통해 생중계될 겁니다."

"잠깐! 그건 불가능해요. 사흘 안에 그런 논의를 한다는 건……."

"증거를 원하실지 몰라 아이의 왼손 새끼손가락을 잘라서 집으로 보냈습니다. 그 정도면 충분하겠죠. 내가 진심으로 이

81

일을 하고 있다는 걸 보여주기엔."

자칭 단죄자라 하는 남자는 담담하게 말했다.

"왜? 왜 하필 저한테 이런 이야기를 하는 거죠?"

윤민우가 물었다.

"당신은 지금껏 그런 아이들을 적극적으로 옹호해왔습니다. 그러니 그 책임을 져야죠."

"이것 보세요! 그게 무슨……."

뚝.

남자는 일방적으로 전화를 끊었다. 거대한 적막이 파도처럼 밀려왔다. 그 파도가 남기는 건 불안감이라는 이름의 희멀건 포말이었다. 윤민우는 어느새 손톱이 파고들 정도로 주먹을 꽉 쥐고 있었다. 그건 긴장하거나 초조할 때면 튀어나오는 습관이었다. 그는 주먹을 쥔 채로 필사적으로 머리를 굴렸다. 어떻게 해야 할까? 정답은 정해져 있었다. 경찰에 신고하는 것. 그 순간 머릿속을 스쳐 지나는 생각이 있었다. 오늘 오후에 만났던 광수대 팀장. 이름이 조민준이라고 했던 것 같은데…….

윤민우는 그가 건네줬던 명함을 찾아 가방을 뒤졌다.

5월 25일

안녕하십니까?

이슈킹 TV의 이슈킹 인사드립니다. 이 방송을 녹화하는 지금은 새벽입니다. 이 새벽에 또 무슨 일이 생겼기에 이렇게 열심히 일하는지 궁금하실 텐데요, 바로 말씀드리겠습니다.

A군 연쇄 살인 사건의 새로운 소식을 가지고 왔습니다!

그 소식 듣기 전에, 먼저 '구독'과 '좋아요' 눌러주시면 감사하겠습니다.

지금까지 저는 A군 연쇄 살인 사건에서 죽은, 하지만 실은 잔혹한 가해자였던 아이 셋의 신상과 그 애들이 한 짓을 공개했죠. 그러면서 단죄자가 네 번째 범행을 저지를 거라고 미리 말씀드렸습니다.

아! 단죄자라는 건 제보자 본인이 자기를 그렇게 불러달라고 이야기한 겁니다.

단죄자라니, 멋지지 않습니까?

아무튼, 단죄자가 드디어 네 번째 범행을 저질렀습니다.

그런데 이번에는 그냥 평범한 살인이 아닙니다. 그러면 뭐냐고요? 바로 납치입니다, 납치!

단죄자가 납치한 아이는 친구 집단 폭행 및 살인 사건에 연루된 넷 중 우두머리였던 박수호입니다.

다른 애들은 그 사건 이후 가깝게는 근처 학교, 멀게는 다른 지방으로까지 강제 전학을 갔는데 박수호는 그런 징계도 받지 않았습니다. 와! 진짜 소름 돋지 않습니까? 친구를 죽인 학교에 뻔뻔하게 계속 다니다니.

그런데 그게 가능했던 이유가 있는데요, 박수호 외할아버지가 판사 출신이고 어머니는 검사, 아버지는 의사인 그야말로 잘나가는 집안이라는 거죠! 이 정도면 교장도 마음대로 못 건드리죠.

하지만 우리 단죄자 형님은 그딴 거 없이 바로 납치해버렸습니다.

그러고는 경찰에 이런 요구를 했답니다.

지금의 촉법소년이 있게 한 형법 제9조를 수정하지 않으면 박수호를 죽이겠다고요. 딱 3일을 준다고 하는데 과연 3일 안에 그것이 가능할지, 아니면 네 번째 살인이 벌어질지 벌써 궁금해집니다.

저는 앞으로도 단죄자 형님 소식을 계속 전해드리겠습니다.

A군 연쇄 살인 사건은 과연 어떻게 끝날까요?

앞으로도 저, 이슈킹이 그 소식을 생생하게 전해드리겠습니다. 기대하셔도 좋습니다!

주성호는 영상을 처음부터 끝까지 다시 확인한 뒤 유튜브 채널에 업로드했다. 처음에 올린 영상 조회수는 이미 200만을 훌쩍 넘었다. 구독자도 하루가 다르게 늘어나고 있었다. 이거야말로 대박이었다. 단죄자는 물었다.

"무슨 일이 있어도 끝까지 갈 배짱이 있습니까?"

물론이라고, 주성호는 대답했다. 그도 알고 있었다. 이미 돌이킬 수 없는 강을 건넜음을. 경찰이 자기를 쫓고 있을 것이다. 잡히는 건 시간문제일지 모른다. 그렇다면 이왕 이렇게 된 마당에 끝까지 가는 게 맞았다. 자기는 일개 유튜버고 단죄자의 일방적인 주장을 전했을 뿐이라고 발뺌하면 된다는 어느 정도의 계산도 있었다. 실형으로 이어지지도 않으리라. 오히려 정의를 구현한다는 프레임이 더해져 채널은 점점 흥할지도 모른다. 아무리 논란이 된다 해도 조회수는 남고, 결국 돈을 벌어다 주는 건 바로 그 조회수였다.

"정의고 나발이고, 난 자극적이기만 하면 돼. 그걸 위해선 못할 게 없지."

모니터에 비친 자기 얼굴을 보며 주성호는 중얼거렸다. 그 말을 할 때의 서늘한 표정이 제법 마음에 들어, 마스크와 선글라스를 착용한 채 녹화해야 한다는 사실이 아쉽게 느껴질 정도였다.

그럼에도…… 얼굴 노출은 피해야 했다.

자칫 자기 과거를 아는 누군가가 알아보기라도 한다면 골치 아파질 테니까.

공개수사로 전환됐다. 수사본부가 꾸려지면서 1팀 외에 지원 인력도 대폭 늘었다. 여전히 조민준이 팀장으로서 수사를 이끌어가지만, 명목상 지휘는 현승주 경무관이 맡게 됐다. 현 승주는 수사를 통해 알아낸 내용을 경찰청장에게 직통으로 보고하게 되었다. 이 라인이 꾸려진 이유는 간단했다. 자칭 단죄자가 박수호를 납치했다는 게 사실로 밝혀졌기 때문이다. 게다가 손가락 역시 배달됐다.

새벽 4시를 향해가고 있었지만 강력범죄수사대 건물에는 훤히 불이 들어와 있었다. 모든 인력이 바쁘게 움직이는 가운데 조민준은 현승주 경무관과 앞으로의 수사 방향에 대해 논의 중이었다. 물론, 그 논의 속에는 대책 전략 역시 포함돼 있었다.

"외통수야. 곤란하게 됐어."

현승주는 치통 앓는 사람 같은 표정으로 말했다. 경찰청장에게 불려 가 세 시간 만에 돌아온 그였다.

"범인의 요구는 상식적으로 들어줄 수가 없는 겁니다. 범인역시 그걸 알면서도 요구를 한 것일 테고요."

조민준이 말했다.

"목적이 뭐라고 생각하나?"

"이번 사건을 더욱 키워 이목을 집중시키려는 거겠죠."

"이미 커질 대로 커졌잖아! 중학생 애들 셋이 죽었어. 그것도 끔찍하게. 이것만으로도 감당이 안 되는데, 뭐? 촉법소년? 죽은 애들이 친구를 죽인 가해자라고? 그걸 또 최초 보도한 게 유튜버라니 막장도 이런 막장이 없잖아. 너무 자극적이라 다른 뉴스가 싹 다 덮었어. 인터넷 보면 종일 이 사건 관련 뉴스만 올라와! 그런데 이제는 납치까지? 범인 그 개새끼는 정의의 사도라도 된 것처럼 굴고. 어휴, 머리야. 조 팀장. 이거 도대체 어떻게 해결해야 하나? 응? 나도 그렇고 청장님도 그렇고 도무지 답을 못 찾겠어, 답을."

현승주의 푸념은 결코 과장이 아니었다. 유튜브에 범인의 메시지가 올라온 5월 24일, 그러니까 어제 오후를 기점으로 관련 기사만 2천 건 이상이 쏟아졌다. 집단 폭행과 살인이 벌어졌던 중학교 홈페이지는 물론이고, 경찰청과 검찰청, 그리고 국민신문고에도 관련 민원이 폭주했다. 주된 내용은 역시 가해 학생들에 관한 것이었다. 그들이 살해됐다는 건 더는 중요한 문제가 아니게 되어버렸다. 결국 중학교 홈페이지는 서버가 다운됐고, 경찰청과 검찰청은 자유게시판을 막아야 했다. 그 모든 게 열두 시간도 채 안 돼 벌어진 일이었다.

방금 올라온 이슈킹 영상을 통해 이제는 박수호가 납치됐다는 사실까지 알려지게 됐다. 더불어 그 아이의 외가가 법조인 집안이라는 것 역시 공개됐다. 이제부터는 검증되지 않은 사실과 괴소문, 온갖 유언비어가 더 기승을 부릴 것이다. 경찰은 이미 여론전에서 지고 들어간 상황이었고, 그 때문에 상당한 압박감을 느끼며 수사할 수밖에 없었다.

"범인을 잡는 데 최선을 다하겠습니다. 현재 박수호 군 집 주위의 CCTV와 블랙박스 영상을 모조리 수거해 살펴보고 있습니다. 학원 근처도 마찬가지입니다. 운전기사 시체가 집에서 얼마 떨어지지 않은 곳에서 발견된 것으로 보아 범인은 그 집을 계속 감시하다가 차가 출발할 때를 노린 것 같습니다."

"단독 범행인 건 확실해?"

"그 점이 관건입니다. 윤민우 교수에게 전화를 건 남자는 중년이라고 합니다. 죽은 김하민의 집에 찾아와 그 동생인 김하윤에게 복수를 제안한 것도 중년 남성이었습니다. 저희는 둘이 동일 인물이라 보고 있습니다. 하지만 단독 범행인지 여부는 확실하지 않습니다."

"내가 걱정하는 게 뭔지 알지? 이게 단독이 아니고 몇 명 이상, 아니면 단체라도 돼서 자기들이 숭고한 일을 한다고 주장하기 시작하면 답도 없는 거야. 조직적으로 움직이면 잡기도 더 힘들고."

"맞습니다. 이 사건에 의미 부여하는 이들이 많아질수록 상황은 더 어렵게 돌아가겠죠."

조민준은 자기 상사가 무엇을 걱정하는지 알았다. 지금도 많은 사람이 범인을 영웅이라고 떠받들고 있다. 게다가 언론 역시 은근히 그런 쪽으로 몰고 가는 모양새였다. 경찰이 발표한 '미성년자 연쇄 살인 사건'이라는 표현 대신 범인의 입에서 나온 'A군 연쇄 살인 사건'을 쓰는 것만 봐도 알 수 있었다. 이 같은 배경에는 촉법소년과 관련한 반감과 사적 복수를 통해 정의를 실현한다는, 그럴싸한 서사가 있었다. 범인은 이 점을 잘 알고 점점 더 노골적으로 자극하는 중이었다. 자신을 '단죄자'라 칭한 것도 같은 이유 때문이리라. 당장 오늘 아침부터 언론은 물론이고 일반 시민 역시 이 끔찍한 살인마를 단죄자라 부르기 시작할 것이다.

"현재까지 알아낸 범인의 대략적인 윤곽이라도 말해봐. 그래야 내일 아침 기자회견에서 뭐라도 떠들 거 아냐."

현승주가 한숨을 쉬며 말했다. 더는 공식 기자회견을 미룰 수 없는 상황이었다.

"범인은 체구가 작은 중년 남성에 표준어를 구사합니다. 김하윤 군의 증언으로는 평범한 아저씨 같았다고 합니다. 거기에 더해 범인은 머리가 매우 좋을 것으로 예상 중입니다. 치밀하게 작전을 짜 실행에 옮기는 데에도 능숙하고, 컴퓨터나 기타 인터넷 기반 기기를 다루는 일에도 상당한 솜씨를 가진 자이지 않을까 합니다."

"하긴, 그 죽은 애들 정보를 빼내는 일도 쉽지 않았을 테니까."

"네. 학교 전산망을 해킹하지 않고서는 그 애들이 어디로 전학을 갔는지 알아내는 건 불가능한 일입니다."

"그런데 말이야, 이 새끼 목적이 도대체 뭐야? 김하민인가 하는 애랑은 전혀 상관없다며? 근데 왜 자기가 이 지랄을 떨고 있어?"

"저희도 거기에 의문을 품고 거듭 확인했는데, 김하민 군 가족 중에는 이런 일을 벌일 사람이 전혀 없었습니다. 아버지는 일찍 돌아가셨고, 일가친척 또한 없어 중학교 1학년인 동생 김하윤 군 혼자서 병든 어머니를 돌보는 상황이었습니다. 김하윤 군 이야기로는 갑자기 찾아온 그 남자가 자진해서 복수를 해주겠다고 했다는데, 그게 이런 식일 줄은 몰랐다고 합니다."

"사체에서 뭐 나온 건 없어?"

"세 명 모두 심한 고문을 당했고, 살아 있을 때 신체 일부가 절단됐습니다. 이걸 보자면 확실히 원한을 풀고자 한 것인데……."

"됐고. 무슨 일이 있어도 박수호라는 갠 찾아야 해. 멀쩡한 상태로. 전직 판사의 외손자, 거기다가 현직 검사의 아들이 납치돼 죽었다? 근데 그걸 막지 못했다? 그럼 나나 자네나 옷 벗을 각오 해야 할 거야."

지금도 멀쩡한 상태는 아니라고 지적하고 싶었지만 참았다. 대신에 조민준은 현승주가 원하는 답을 했다.

"반드시 그렇게 하겠습니다."

1팀으로 돌아온 조민준을 맞이한 건 한 가닥 희망을 품을 만한 소식이었다.

"와서 이것 좀 보시죠. 뭔가를 찾았습니다."

조민준은 서민국의 말에 얼른 컴퓨터 앞으로 다가갔다. 거기엔 이미 다른 형사도 모여 있었다. 서민국은 자기 컴퓨터 모니터를 가리키며 말했다.

"이거 박수호 집 바로 앞에 있는 방범 CCTV 영상입니다. 잘 보시면…… 카메라 바로 아래 뭔가 까만 게 있을 겁니다."

서민국의 말대로 화면 아래쪽 가장자리에 시커먼 덩어리가 보였다. 언뜻 보면 렌즈에 뭐가 묻은 게 아닌가 하고 지나칠 만했는데 주의를 기울이니 그게 일렁인다는 걸 알 수 있었다.

"이건?"

"네. 맞습니다. 사람 머리고, 바람이 불 때마다 머리카락이 나부끼는 겁니다."

"그렇다면 이 카메라 아래에 누군가가 계속 서 있었다는 거야?"

"그렇다고 생각합니다. 나름 CCTV 사각지대를 노렸던 거죠. 그런데 범인인지 아닌지는 모르겠지만, 아무튼 이 인간은 한 가지 실수를 하고 말았습니다."

"실수?"

"자, 다시 보세요."

서민국은 그 말과 함께 화면을 확대했다. 그러고는 마우스로 한 지점을 가리켰다. 거기엔 반사경이 세워져 있었다. 그리고…….

"거울에 비치는 건가?"

조민준은 모니터가 뚫어지게 노려봤다. 도로 반사경에 한 사람이 비치고 있었다. 한껏 확대한 덕분에 화면이 뭉개지기는 했지만, 반사경에 비친 사람이 남자이고 검은색 모자를 썼다는 것쯤은 알 수 있었다. 거기에 더해 검은색 바람막이처럼 보이는 옷을 걸치고 있었다.

"CCTV는 피했지만 저기에 자기가 비치고 있다는 건 몰랐던 거죠."

의기양양해하는 서민국을 향해 조민준이 말했다.

"좋아. 수고했어. 이거 다른 사람한테도 다 공유해!"

"네, 알겠습니다."

조민준은 모두 들리게 목소리를 높여 외쳤다.

"용의자로 보이는 남자를 찾아냈다. 지금 관련 이미지 받는 즉시 지하철역, 버스 정류장, 그리고 도로 곳곳 CCTV를 샅샅이 뒤져서 이 남자의 동선을 파악한다. 알겠나?"

"네!"

같은 목소리로 대답한 후 각자 바쁘게 움직이기 시작했다. 뚜렷한 목표가 생겨서인지 수사본부는 활기를 띠었다. 조민준은 자기 자리로 돌아갔다. 책상 위에는 검시 보고서가 올라와 있었다. 어제 오후에 확인했던 약식이 아닌 정식 보고서였다. 조민준은 읽어 내려갔다.

첫 번째 희생자인 김민수는 출혈 과다로 죽었다. 손목이 잘린 뒤 그대로 방치된 것으로 보인다고, 검시관의 소견이 덧붙여져 있었다. 두 번째인 강현민 역시 발이 잘리긴 했지만 이쪽은 가느다란 줄에 목이 매달려 죽었다. 교사絞死인 것이다. 세번째 희생자인 김서희는 날카로운 물건에 목이 찔려 죽었다. 범인은 김서희가 죽어가는 중에 혀를 잘랐다고 보고서에 적혀 있었다.

왜 번거롭게 각기 다른 방법을 써서 죽였을까?

조민준은 그게 궁금했다.

또 하나, 손과 발, 그리고 혀를 자른 이유도 궁금했다. 이런 식의 범죄에서 신체를 훼손한다는 건 범인 나름의 기준과 이유가 있기 때문이었다. 즉, 뚜렷한 목적을 가진 채 각기 다른 신체를 자른 것이다.

"손, 발, 혀……."

그렇게 중얼거리며 보고서를 들여다보고 있을 때였다. 한 문장이 조민준의 눈에 들어왔다.

— 세 구의 사체에서 모두 독특한 결박흔이 보임.

결박흔?

서둘러 다음 페이지를 넘겼다. 거기에는 사진 세 장이 인쇄돼 있었다. 사진 밑에는 죽은 아이 이름이 적혀 있었다. 조민준은 셋 다 같은 곳, 어깨에서 쇄골을 지나는 부위에 빨갛게 쓸린 흔적이 나 있는 걸 확인했다. 이건 팔을 뒤로 돌린 채 몸통 전체를 엑스 자로 묶었을 때 나타나는 결박흔이었다.

조민준은 사진을 보며 의자에서 고쳐 앉았다. 머릿속이 확 밝아졌다. 그는 전에도 비슷한 결박흔을 본 적이 있다는 걸 떠올렸다.

그때였다.

"찾았습니다!"

정민호가 손을 번쩍 들며 외쳤다.

"찾았어?"

모두 벌떡 일어나 정민호 자리로 다가갔다. 조민준도 보고서를 그대로 든 채 정민호에게로 향했다.

"지하철역 내부 CCTV인데요, 보시면 반사경에 비친 남자와 복장이 일치합니다. 그리고 얼굴도 똑똑히 찍혔고요!"

정민호는 흥분한 목소리로 설명했다. 조민준은 그 설명을 들으며 모니터를 유심히 봤다. 검은색 모자를 쓰고 같은 색 바람막이를 입은 중년 남자가 지하철역 개찰구를 통과하고 있었다. 확실했다. 복장만 일치하는 게 아니었다. 조금 전 조민준이 떠올린 어떤 인물의 생김새와도 똑같았다. 박두혁 역시 이상하다는 걸 눈치챘는지 고개를 갸우뚱하며 말했다.

"근데…… 저 얼굴 되게 낯익지 않아?"

"그, 그러게요. 어디서 본 것 같은데?"

지원 나온 다른 형사 한 명도 박두혁의 말에 동의했다.

"저 사람, 우리 모두 아는 인물이야."

조민준이 말했다.

"네? 우리가 다 안다고요?"

하유리가 되물었다.

"그래. 다들 기억을 떠올려봐. 얼마 전까지 TV에서 꽤 떠들썩하게 다뤘잖아."

조민준의 말에 하유리가 모니터를 다시 보더니 입을 열었다.

"설마…… 추종국?"

"맞아. 틀림없이 추종국이야."

조민준은 모니터를 노려보며 말했다.

추종국은 한 건의 아동 살해와 또 다른 아동에게 중상을 입힌 혐의로 체포되어 실형을 선고받았다. 죽은 아이는 초등학교 5학년 남학생, 겨우 살아난 아이는 초등학교 6학년 여학생이었다. 그는 두 아이에게 귀여운 고양이를 보여주겠다고 접근해 반지하인 자기 집으로 유인했다. 그러고는 두 아이를 결박한 채 무자비한 폭행을 가했다. 그가 아이를 데리고 가는 모습이 CCTV에 고스란히 찍힌 데다가 목격자도 많아 경찰은 비교적 빨리 출동했다. 그사이에 이미 남학생은 목숨을 잃었고, 여학생 역시 평생 회복하기 힘든 장애를 가지게 됐다. 추종국은 현장에서 체포되었다. 하지만…… 당시 그는 만취 상태였고, 다량의 수면제까지 복용해 정상적인 판단이 불가능한, 이른바 '심신 미약'이었다. 적어도 법원은 그렇게 판단했기에 끔찍한 죄상에도 불구하고 20년이라는 비교적 가벼운 형을 선고받았다. 그때 추종국의 나이가 서른다섯이었다. 그리고 쉰다섯이 된 올해 초, 그는 만기 출소했다. 추종국이 출소한다는 소식은 뒤늦게 알려져 꽤 논란이 일었다. 심신 미약 논란부터 당시 수사가 제대로 됐는가 하는 것까지 여러 의견이 오갔다. 그럼에도 추종국이 나오는 건 막을 수 없었다. 그가 살게 되는 지역이 공개되고서 한바탕 반대 시위가 벌어지기도 했지만, 그것뿐 언제나 그렇듯 이 뉴스 또한 빠르게 잊혔다.

모니터에 찍힌 중년 남자의 얼굴은 분명 그 추종국이었다.

하유리가 어떻게 검색했는지 추종국의 현재 얼굴을 찾아내고선 자기 휴대폰을 조민준에게 내밀었다.

"맞아요! 확실해요."

그렇게 말하면서.

조민준은 휴대폰 속 얼굴과 모니터 속 얼굴을 대조해봤다. 틀림없었다. 조민준이 경찰대학에 다니던 시절, 당시 교수는 추종국 사건을 심신 미약이 악용된 대표적인 사례로 다뤘다. 그러면서 추종국이 독특한 형태로 결박한 사진과 두 아이에게 행했던 폭행과 고문의 흔적에 관해 세세히 보여줬다. 교수는 이런 말도 덧붙였다.

"봐서 알겠지만, 범인의 폭행은 각각 그 정도와 형태가 달라. 죽은 남자아이에게는 흉기를 사용했어. 그러나 여자아이는 오로지 손과 발로만 폭행했지. 이걸로 봐서 범인, 즉 추종국은 일종의 폭행 실험을 했다고도 짐작할 수 있다. 놈은 다양한 방식으로 피해 아동을 괴롭히고 싶었던 거야."

교수의 그 해석이 인상적이었기에 조민준은 바로 추종국을 떠올릴 수 있었다. 그 교수 시험에서 조민준은 늘 A 이상을 받았으니까.

"범인이 추종국이라면, 이건 이것대로 또 난리가 나겠네요."

최현수가 중얼거렸다.

"지금이 그거 걱정할 때야? 우린 방금 이 사건 유력 용의자를 가려낸 거라고! 이 새끼가 범인이길 바랄 정도로. 그래야 일이 쉽게 풀릴 테니까!"

박두혁의 말에 아무도 토를 달지 못했다. 잠시 후 하유리가 말했다.

"추종국이 범인인지 아닌지 더 확실히 아는 방법이 있어요."

"그게 뭔데?"

박두혁이 물었다.

"하윤이를 찾아왔다는 남자, 그 사람이 추종국인지 아닌지 확인해보는 거예요. 동일 인물이라면 이건 백 퍼센트인 거죠!"

"무슨 말인지는 알겠는데 이 새벽에 걔를 만나러 가야 하는 거잖아. 그 전에 보고부터……."

"아니. 내 생각에도 확인해보는 편이 나을 것 같다. 나와 하유리가 다녀오지. 나머지는 추종국이 현재 어디서 어떻게 생활하는지 알아봐. 알겠지?"

"네, 알겠습니다."

박두혁은 못마땅해하는 표정을 지으면서도 일단 대답은 그렇게 했다. 조민준은 하유리를 향해 말했다.

"지금 바로 가자. 김하윤 군이 확인만 해준다면 오전 기자회견에서 추종국을 용의자로 특정할 수도 있을 테니까."

"네!"

두 사람은 주차장을 향해 달렸다.

조민준의 휴대폰으로 전화가 걸려 온 건 막 차에 오르려던 때였다. 휴대폰을 확인한 조민준은 살짝 미간을 찌푸렸다. 처음 보는 번호였다. 잠시 망설이던 조민준은 전화를 받았다.

"여보세요?"

"경찰 아저씨……."

휴대폰 너머에서 뜻밖의 목소리가 들려왔다. 김하윤이었다.

"너 하윤이 맞지? 무슨 일이니?"

하윤이라는 말에 하유리가 눈을 동그랗게 떴다.

"경찰 아저씨, 좀 도와주세요."

김하윤의 목소리가 떨렸다. 심상치 않은 일이 생겼다고 조민준은 직감했다.

"그래. 도와줄 테니 무슨 일인지 말해봐."

"엄마가…… 엄마가 안 일어나세요."

얼핏 울음을 참고 있는 것도 같았다. 조민준은 재빨리 말했다.

"걱정하지 마. 우리가 금방 갈게."

운전석에 탄 조민준은 김하윤의 집을 향해 가속페달을 밟았다, 힘껏.

윤민우는 잠들지 못하고 있었다. 아내와 아이에게는 당연히 범인의 전화를 받았다는 이야기는 하지 않았다. 아내는 어두운 세계와는 전혀 관계없는 평범한 직장인이었다. 올해 중학교에 들어간 딸은 보는 것만으로도 행복감을 불러일으키는 존재였다. 그런 둘에게 괜히 고민하는 모습을 보이고 싶지 않았다.

어둠 속에서 책상 스탠드 조명만 밝힌 윤민우는 '그 사건'과 관련해서 아이들을 상담한 내용을 새삼 읽고 있었다.

상담받지 않은 박수호를 제외한 넷, 그중에서도 김민수와 강현민, 그리고 김서희는 서로 말을 맞춘 듯 비슷한 소리를 했다.

"걔가 너무 답답하게 굴어서 몇 대 때렸는데 그렇게 됐어요."

"각자 한 대씩만 때렸는데 죽었다고 해서 놀랐어요."

"김하민 걔가 먼저 덤볐어요."

자기 잘못을 인정하지 않는 것은 형사미성년의 공통된 특징이었다. 이를 두고 문제를 지적하며 형사미성년을 잔혹한 범죄자로 몰아가기도 하지만, 바로 이렇기에 윤민우는 이 아이들을 보호하고 용서해야 한다고 생각했다. 아이들은 죄의식이 없는 게 아니었다. 그걸 표현하는 방법을 배우지 못했을 뿐이었다. 범죄를 저지르는 형사미성년의 70퍼센트가 가정에서 육체적 정신적 학대를 경험했다는 연구 결과도 있다. 자기가 집에서 당해왔던 걸 다른 이에게도 똑같이 행하는 것이다. 그런 아이들은 따뜻하고 다정하게 대하는 법 자체를 모른다. 그렇기에 윤민우는 형사미성년을 강력한 법으로 다스리기보다 상담을 통해 치료하는 게 먼저라 주장해왔다. 병든 이들은, 사회와 격리한다고 해서 결코 그 병에서 낫지 않는다.

그런 생각과 함께 또 다른 가해자, 도윤호와 상담했던 때를 떠올렸다. 기록에도 남아 있지만 그 아이는 진심으로 후회하고 있었다.

도윤호는 표정부터 달랐다. 다른 아이 모두 애써 무표정을 유지하거나 아니면 더 밝게 행동하려 했는데 도윤호만은 감정을 그대로 드러냈다. 금방이라도 울 것 같은 표정, 거기에 더해 두려워하는 표정으로 도윤호는 시종일관 상담에 임했다.

"지금 마음이 어떠니?"

윤민우가 물었을 때 도윤호는 떨리는 목소리로 대답했다.

"제가 잘못했어요."

"어떤 점에서 그렇게 느끼니?"

"하민이는 맨날 놀려도 참았어요. 그래서…… 그렇게 해도 되는 줄 알았어요. 놀려도 되고, 때려도 되고, 지, 진짜 돌덩이라서 아픈 줄도 모른다고 생각했는데……."

"그래서 마음이 아파?"

"네. 마, 마음이 아파요. 아니…… 너무 미안해요. 잘못했다고 말하고 싶은데, 하민이는 이제 제 말을 들을 수도 없다는 게 너무 마음 아파요."

도윤호는 그렇게 말하며 눈물을 뚝뚝 흘렸다. 그걸 보며 윤민우는 새삼 짐작해봤다. 나머지 세 아이도 어쩌면 미안함과 두려움을 최대한 감추기 위해 애써 더 뻔뻔하게 행동한 게 아닌가 하고.

응급실은 북적거렸다. 주로 술에 취해 넘어진 사람과 술에 취해 싸우다 어딘가 부러진 사람과 역시 술에 취해 아무거나 주워 먹고 탈 난 사람이 침대를 차지하고 있었다. 김하윤의 어머니는 제일 안쪽 침대에 가만히 누워 있었다. 김하윤의 집에 도착해 축 늘어진 여자를 업고 지하에서 나와 병원 응급실로 온 지 30분이 지났다. 그동안 병원에서 해준 거라고는 링거를 놓아준 것뿐이었다. 겨울철 나뭇가지처럼 비쩍 마른 여자는 간신히 숨을 이어가고 있는 듯했다. 읽었던 자료에 따르면 여자는 폐암 말기였다. 공교롭게도 김하민이 죽은 이후 병세가 드러났고, 그때는 이미 손쓸 수가 없게 되었다.

"엄마…… 힘들겠죠?"

김하윤이 고개를 숙인 채 조용히 물었다. 학습한 대로라면, 이런 순간에는 그렇지 않다고 대답하는 게 일반적인 반응이었다. 하지만 조민준은 본심을 말했다.

"그래. 마음의 준비를 하는 게 좋을 거야."

"네, 솔직히 말씀해주셔서 고마워요."

"미안하다. 난 이럴 때 어떻게 위로해야 할지 잘 몰라."

"괜찮아요. 어설픈 위로보다 말없이 옆에 있어주는 게 더 낫다고 했어요."

"그런 말은 누구한테 들었니?"

"책에서 읽었어요. 저 책 읽는 거 좋아해요."

"좋은 습관이네."

"저 때문일까요?"

"뭐?"

"제가 그 아저씨한테 복수하고 싶다고 해서 이런 일이 생긴 걸까요? 그것 때문에 사람이 죽고 납치당하고 해서 엄마가 대신 벌 받는 걸까요?"

"아……."

김하윤의 질문을 듣고서야 조민준은 자기 목적을 기억해냈다.

"안 그래도 그것 관련해서 물어볼 게 있어."

조민준이 막 말을 꺼낸 순간 때마침 하유리가 응급실 의사와 이야기를 끝내고 돌아왔다. 그는 잔뜩 흥분한 표정이었다.

"무슨 의사가 앵무새도 아니고 같은 말만 반복해요! 기다리면 된다니, 누군 그걸 모르나."

"하 형사, 추종국 사진 있지?"

"아! 네. 휴대폰에 있어요."

하유리도 그제야 진짜 목적을 떠올린 것 같았다.

"그거 좀 보여줘봐."

조민준의 말에 하유리는 자기 휴대폰을 꺼내 하윤이에게 내밀며 물었다.

"하윤아, 혹시 이 아저씨 본 적 있니?"

추종국의 사진을 본 김하윤은 대번에 놀란 표정을 지었다.

"어? 우리 집에 왔던 아저씨예요. 저한테 그렇게 물어봤던 아저씨."

"복수하겠느냐고 물었던 사람, 확실하니?"

조민준의 물음에 김하윤은 말없이 고개를 끄덕였다.

"이제 확실해졌어요!"

하유리가 휴대폰을 꽉 쥐며 말했다.

"좋아. 자네가 여기 좀 있어줘. 나는 서로 돌아가 보고할 테니까."

조민준은 그렇게 말하며 일어났다. 김하윤이 그런 조민준과 하유리를 번갈아 보며 어리둥절해하는 표정으로 물었다.

"이 아저씨가 누구예요?"

"이 사람이 범인이야."

최대한 간단하게 설명하면서 조민준은 하유리를 향해 눈짓을 보냈다. 단번에 눈치챈 하유리가 김하윤 옆에 앉았다.

"내가 설명해줄게. 그게 어떻게 된 거냐 하면……."

하유리가 말하는 걸 들으며 조민준은 응급실 밖으로 나갔다. 그러면서 시간을 확인했다. 추종국에 관해 정리하고 보고 자료를 만드는 건 이미 내부에서 하고 있었다. 이제 범인을 특정할 수 있게 됐으니 영장 발급과 함께 추종국의 집을 터는 것도 가능해졌다. 동시에 오전에 있을 현승주의 기자회견 역시 최소한 범인이 누구인지는 말해줄 수 있을 정도는 되었다. 조민준은 박두혁에게 전화했다.

"예! 팀장님. 어떻게 됐습니까?"

박두혁은 바로 물었다.

"추종국이 확실해. 범인이야. 김하윤 군의 증언도 확보했어. 영장 신청하고, 곧바로 추종국 집으로 출동해. 주소 하나 보내 주고. 나도 거기로 바로 갈 테니."

"알겠습니다!"

전화를 끊은 조민준은 차에 올랐다. 얼마 지나지 않아 박두 혁으로부터 메시지가 날아왔다.

— 영장 나왔습니다! 주소는 ×××로 402번길 20, 101호입 니다.

주소를 내비게이션에 입력하고 출발했다. 어느새 날은 훤히 밝았다. 더는 새벽이라 부를 수 없는 시간이었다. 조민준은 밝 아지는 하늘처럼 사건 역시 깨끗하게 해결되기를 바랐다. 물 론, 그런 감상적인 생각이 얼마나 쓸데없는지는 그가 제일 잘 알았지만, 김하윤을 위해서라도 이번만큼은 그 감상이 통하기 를 바라는 게 솔직한 마음이었다. 사건이 쉽게 해결되지 않는 다면, 경찰의 공식 발표가 나오는 오늘을 기점으로 김하윤 역 시 언론에 무차별로 시달리게 될 확률이 높았다. 그것만은 막 고 싶었다.

조민준은 추종국의 집 근처에 차를 세우고 조심스레 다가갔 다. 아직 다른 경찰은 출동 전이었다. 곧 도착할 것이다. 그 전에 주변을 탐색해보고 싶었다. 추종국이 거주하는 곳은 작은 빌라였다. 101호는 빌라 구조로 봤을 때 지하인 것 같았다. 이른 시간이라 그런지 주차장에는 아직 차가 많았다. 여러 개의 주차 구획 중 '101'이라 적힌 곳은 없었다. 지금까지의 범행을 보면 추종국은 반드시 차가 필요했다. 그렇다는 건 빌라 주차장이 아닌 곳에 그 차를 세워두고 있다는 뜻이었다. 그 점은 다행이라면 다행이었다. 추종국이 만약 도주한다 해도 쉽게 차를 이용하지는 못할 테니까.

빌라 입구를 주시하며 조민준은 박두혁에게 전화했다.

"어디쯤이야?"

"거의 도착했습니다."

"사이렌 *끄고* 와."

"알겠습니다."

전화를 끊기 무섭게 골목을 돌아 들어오는 까만색 스타렉스 두 대가 보였다. 조민준은 차를 향해 손을 들었다. 곧 멈춰 선 스타렉스에서 1팀과 지원팀 형사가 줄줄이 내렸다.

"나랑 1팀은 추종국 집으로 내려가고, 나머지는 빌라 입구를 지킨다. 알겠지?"

조민준의 지시에 모두 고개를 끄덕였다. 가장 좋은 시나리오는 지금 추종국을 체포하고 박수호까지 무사히 찾아내는 것이었다. 물론 손가락 하나가 없는 상태겠지만 현재는 그게 최선

106

이었다.

1팀은 조민준이 선두에 선 채 빌라 입구를 통과해 지하로 내려갔다. 등이 없는 건지 아니면 고장 난 건지 지하는 어두컴컴했다. 현관에서 1층까지는 계단이 꽤 많고 가팔랐다. 그만큼 지하가 깊다는 의미였고, 창문 역시 없다는 뜻이기도 했다. 조민준은 이곳의 구조가 김하윤의 집과 묘하게 닮았다는 게 신경 쓰였다.

"안 열어주면 따고 들어갑니까?"

서민국이 조용히 물었다. 그는 이미 커다란 망치를 들고 있었다. 여차하면 그걸로 문손잡이를 부술 태세였다.

"내가 신호 보내면 그렇게 해."

조민준 역시 낮은 목소리로 대답했다. 1팀 형사 다섯은 '101'이라는 숫자가 붙은 철문 앞에 섰다. 조민준이 고개를 끄덕여 보인 뒤 문 옆에 달린 동그란 초인종을 눌렀다. 아무런 소리도 들리지 않았다. 다시 눌렀지만 애초에 초인종은 고장 난 듯했다. 조민준은 주먹을 말아 쥐고 문을 두드렸다. 그러면서 외쳤다.

"추종국 씨! 추종국 씨!"

대답은 돌아오지 않았다. 문만 덜컹거릴 뿐이었다.

"제가 하겠습니다."

서민국이 망치를 들고 나섰다. 그 순간 조민준이 손을 들어서 막았다. 그러고는 살며시 손잡이를 잡고 돌려봤다. 문은 잠겨 있지 않았다. 아무런 저항 없이 스르르 열렸다. 예상 밖의 상황에 다들 더 긴장했다. 조민준은 마음속으로 셋까지 센 다음 문을 활짝 열었다. 동시에 1팀 네 명이 안으로 달려 들어갔다.

그때였다.

매캐하면서도 비릿한 악취가 조민준의 콧속으로 파고들었다. 조민준은 멈칫했다. 그사이 정민호가 벽을 더듬어 전등 스위치를 찾아 켜려고 했다. 집 안은 짙은 어둠에 싸여 있었고, 그 악취가 맴돌며……

"안 돼!"

조민준이 외친 것과 동시에 정민호가 스위치를 켰다.

그 순간 폭발이 일어났다.

3부. 심판대

"오늘 오전, 도심의 한 주택가에서 경찰 다섯 명이 가스 폭발에 휘말리는 사고가 있었습니다. 이 과정에서 두 명의 경찰이 숨지고 나머지 셋은 병원으로 옮겨졌습니다. 경찰은 공식 발표를 미루고 있는 가운데, 사고가 발생한 곳이 추종국 씨 집으로 확인되었습니다. 저희는 후속 보도를 통해⋯⋯."

윤민우는 굳은 표정으로 TV를 보고 있었다. 어느 채널을 틀건 이 사고가 속보로 다뤄지고 있었다. 한 방송국에서는 전직 강력계 형사인 패널의 입을 빌려 'A군 연쇄 살인 사건'에 추종국이 연관되었을지도 모른다는 취지로 보도했다. 윤민우도 같은 생각이었다. 그렇지 않다면 하필 이 순간에 추종국의 이름이 튀어나올 리 없었다. 게다가 조민준 팀장과도 계속 연락이 닿지 않았다. 이번 사고에 그 역시 휘말린 것 같았다.

TV를 끄고 소파에서 일어난 윤민우는 거실을 서성였다. 자기가 할 수 있는 일이 뭘까를 고민했다. 먼저 연락해 온 건 범인이었다. 이유가 뭘까? 물론, 지금까지 형사미성년을 옹호하는 발언을 적극적으로 해왔다는 범인 나름의 이유를 대긴 했지만 어딘지 석연치 않았다. 그런 사람은 자기만이 아니었다. 그럼에도 굳이 콕 집어 연락해 온 건 자기가 가해 아이 넷을 상담했기 때문일지도 모른다고, 윤민우는 짐작했다.

그런 생각을 하며 계속 서성이고 있을 때, 마치 기다렸다는 듯 휴대폰이 진동했다. 윤민우는 확인도 하기 전에 범인으로부터 걸려 온 전화라는 걸 알아챘다. 과연 액정에는 '발신번호표시제한'이 떠 있었다. 한번 숨을 고른 뒤 전화를 받았다.

"여보세요?"

"뉴스는 봤나?"

"당신…… 추종국 씨죠?"

아무런 말이 없었다.

"맞습니까?"

윤민우는 다시 물었다. 그제야 대답이 돌아왔다.

"잘도 알아챘군."

"추종국 씨, 왜 이렇게까지 하는 겁니까? 지금이라도 경찰에……."

"뉴스는 봤나?"

"네?"

윤민우는 무심코 되물은 뒤 뭔가 이상하다는 걸 눈치챘다. 추종국은 같은 질문을 두 번 했다. 의도한 것같이 들리지는 않았다. 그것보다는…… 준비한 대본을 그대로 읽는 듯한 느낌이었다.

"경찰은, 뉴스를 봐서 알겠지만 아무런 쓸모 없는 일을 했다. 나의 단죄는 결코 막을 수 없어. 형법 제9조를 손대지 않는 한 이 아이가 죽는 건 변함이 없다. 그러니 더 이상 내 뒤를 쫓지 마. 내 경고를 무시하면 더 큰 대가를 치러야 할 거다. 그리고 또 하나, 쓸데없는 짓을 한 벌로 박수호의 손가락 하나를 더 자르겠다. 이 장면은 모두가 생생하게 보게 될 거야."

"이걸 왜 저한테 이야기하는 겁니까? 네? 제 말 잘 들어요, 추종국 씨. 이건 정의가 아니에요. 게다가 당신은 그 사건과 아무런 관련도 없잖아요! 정의의 사도처럼 굴 거라면 제발 그만하세요. 아니면 혹시 다른 사정이라도 있는 겁니까?"

다시 침묵이 찾아왔다. 침 삼키는 소리만 들렸다.

당황하고 있다…….

윤민우는 다시 한번 그런 느낌을 받았다.

"내 말을 경찰에게 전해. 다시 연락하겠다."

추종국은 서둘러 그렇게 말한 후 전화를 끊었다. 윤민우는 휴대폰을 들고 곰곰이 생각에 잠겼다. 처음 통화할 때는 어렴풋이 이상하다는 생각만 했는데, 지금은 그게 확신으로 바뀌었다.

추종국 외에도 공범이 있는 게 아닐까?

윤민우는 그런 의심을 지울 수 없었다. 계속 거실을 서성이던 윤민우는 방으로 들어가 노트북을 챙겼다. 그러고는 대충 모자만 쓰고 밖으로 나갔다. 조민준이 계속 전화를 받지 않는 지금, 경찰에 알릴 방법은 직접 찾아가는 것뿐이었다. 가서, 자기가 의심하고 있는 부분도 말할 생각이었다.

조민준은 눈을 떴다. 흰색 천장과 형광등이 보였다. 커다란 파리 한 마리가 형광등 가에 앉아 있었다. 자기가 왜 파리를 올려다보며 누워 있는지 기억나지 않았다. 그러다가 차츰, 바닷가로 물이 밀고 들어오듯 조금씩 기억이 떠올랐다. 추종국, 지하, 가스 냄새, 그리고 폭발…….

기억은 통증을 동반했다. 온몸이 흠씬 두들겨 맞은 것처럼 아팠다. 그것보다 더 고통스럽게 하는 건 두통이었다. 머리를 드릴로 뚫는 것만 같은 끔찍한 통증이, 기억을 떠올리길 기다렸다는 듯 달려들었다.

"으으……."

자기도 모르게 신음을 흘린 조민준은 어떻게든 일어나려고 몸을 뒤척였다. 그때 옆에서 익숙한 목소리가 날아들었다.

"깼어요?"

조민준은 힘겹게 고개를 돌렸다. 하유리가 동그란 눈을 더 크게 뜨고서는 앉아 있었다.

"하 형사……."

그 말 한마디를 꺼내는데도 머리가 쿡쿡 쑤셨다.

"팀장님, 누워 계셔야 해요. 의사 말론 뇌진탕이 심하대요."

조민준은 하유리의 말을 무시하고 결국 일어나 앉았다. 그러자 두통이 몇 배는 더 심해졌다. 누워 있을 때와는 달리 눈의 초점도 잘 맞지 않았다. 그래도 다시 눕지 않고 버텼다. 확인해야 할 게 있었다. 그 결과에 따라 여차하면 당장 움직여야 할지도 모른다.

"다들 어떻게 됐어?"

질문을 받은 하유리는 어두운 표정으로 말을 잇지 못했다.

"그게……."

"괜찮으니까 있는 그대로 말해줘."

"박두혁 선배와 최현수 선배는 현장에서 사망했어요. 그리고…… 서민국 선배와 정민호 선배는 중환자실에 있고요. 둘다 위중한 상태예요."

하유리의 목소리가 떨렸다.

"내가 제일 멀쩡한 건가? 가장 마지막에 들어가서?"

조민준은 혼잣말하듯 물었다.

"그 집에서 다른 건 발견 안 됐어요. 폭발 탓에 아예 다 타버려서 정밀 감식을 해야 한다지만 추종국도, 그리고 납치된 아이도 없었던 건 확실하대요."

"그런데도 추종국은 우리가 갈 걸 알고 함정을 미리 판 거고. 그렇지?"

"네. 단순 가스 폭발은 아니었어요. 가스 호스가 날카로운 무언가로 잘려 있었으니까."

"다른 건? 그것보다 내가 몇 시간이나 누워 있었지?"

"세 시간 정도 지났어요. 다른 건…… 추종국은 현재 수배 중이고, 수사도 공개로 전환하기로 했대요."

하유리의 말을 듣고 난 조민준은 팔에서 링거 바늘을 뽑았다. 놀란 하유리가 벌떡 일어났다.

"뭐 하시는 거예요?"

"사지 멀쩡한데 계속 누워 있을 순 없잖아. 가서 추종국 그 새끼 잡아야지."

"안 돼요, 팀장님. 회복도 회복인데, 이번 사건 2팀에 넘어갔어요. 현실적으로 어쩔 수 없잖아요. 그러니까 일단은 푹 쉬세요."

하유리가 말리고 나섰다. 조민준은 고집을 꺾지 않았다.

"이대로 손 놓으라고? 그럴 순 없어. 추종국은 내 손으로 꼭 잡는다. 절대 포기 못 해. 아니, 포기 안 해."

결국 침대에서 내려온 조민준은 비틀거리면서도 구두를 신고 재킷을 챙겨 들었다. 그걸 보고 있던 하유리가 말했다.

"그러면 저도 같이 가요. 어차피 팀장님 지금 그 상태론 운전도 못 해요."

"따라오는 거야 얼마든지 환영이야."

조민준은 그렇게 말하며 입원실 밖으로 나갔다. 그는 자기가 어떤 감정에 따라 움직이는지 알 수 없었다. 이런 적은 처음이었다. 이렇게 고집을 부린 적도 처음이었다. 하유리로부터 팀원 이야기를 들었을 때 속에서 뭔가가 치밀어 올랐다. 단순한 분노는 아니었다. 더 깊고 진한 무엇, 조민준이 아직 배워본 적 없는 감정이었다. 그랬기에 당황스러웠다. 또한, 그랬기에 자기도 예상하지 못한 말과 행동을 하고 말았다. 우선은 추종국을 잡겠다는 명분을 내세우긴 했지만, 그 밑에 깔린 감정이 무엇인지를 확인하고 싶었다. 그래야 속이 시원할 것 같았다.

물론, 가장 선두에 선 감정만은 확실하고 선명했다.

복수심.

감히 자기를 농락한 추종국을, 조민준은 용서할 수 없었다.

서로 복귀한 조민준을 보고 현승주는 대번에 역정을 냈다.

"야! 조민준. 지금 그 꼴을 해서 어딜 나타나, 나타나길! 너 지금 여기서 얼씬거릴 때가 아니야. 병원이 싫으면 집에 가든

117

지 아무튼 내 눈앞에서 사라져!"

"옷은 갈아입으면 됩니다. 머리는 견딜 만하고. 그러니 수사하게 해주세요."

조민준은 고집스럽게 버티고 서서 현승주에게서 눈을 떼지 않았다.

"지금 상태론 아무것도 못 한다는 거 자네가 더 잘 알잖아? 왜 갑자기 고집을 부려? 설마 팀원 복수하겠다고 그러는 건 아니겠지?"

죽은 박두혁과 최현수는 물론이고, 서민국과 정민호, 그리고 지금 옆에 있는 하유리까지 조민준은 그들을 꽤 신뢰했다. 하지만 신뢰 그 이상도 이하도 아니라고 생각했다. 그걸 넘어선 애정을 품기에는 조민준의 마음이 너무 메말라 있었다. 신뢰는 학습할 수 있어도, 애정은 그렇지 않았다. 그렇기에 그들을 위해 복수해야겠다는 자각은 없었다. 적어도 현승주에게 그 말을 듣기 전까지는.

"아닙니다. 개인적으로 놈을 너무 잡고 싶을 뿐입니다."

현승주는 그렇게 말하는 조민준을 뚫어지게 쳐다봤다. 조민준은 그 눈을 피하지 않았다. 조마조마한 표정으로 서 있는 건 하유리뿐이었다.

"좋아. 수사는 이미 2팀이 맡기로 했어. 이런 상황에서 자네와 하 형사가 들어가는 건 모양새가 나빠. 대신 두 사람은 윤민

우 교수 이야기를 듣고 다른 방향으로 추종국을 향해 접근해
봐."

현승주의 말에 조민준이 물었다.

"윤민우 교수가 와 있습니까?"

"그래. 추종국이 또 연락해 왔대. 옆방에 있으니까 가서 이야
기 좀 들어봐."

"알겠습니다."

그렇게 인사를 한 조민준은 하유리와 함께 복도로 나갔다.
하유리가 조용히 물었다.

"정말 괜찮으세요? 머리, 아프잖아요?"

"걱정하지 마. 진통제 잔뜩 받아 왔잖아. 그리고 이제부턴 그
놈 어떻게 잡을 건지 그것만 생각해. 알았지?"

"네!"

하유리는 눈을 빛내며 대답했다.

"참, 김하윤 군 어머니는 어떻게 됐어?"

조민준은 문득 생각나서 물었다.

"그게…… 정신을 차리신 후에 곧바로 퇴원하려는 걸 간신
히 입원시켰어요. 본인도 심각하다는 걸 아는지 이후에는 별다
르게 반항하진 않더라고요. 그런데 하윤이가 너무 불안해해서
혹 무슨 일 생기면 다시 연락 달라고는 했어요."

하유리의 대답에 조민준은 고개를 끄덕였다. 그 동작만으로

119

도 두통이 몇 배는 더 심해지는 것 같았다.

잠시 후, 두 사람은 넓은 회의실로 들어갔다. 거기에 윤민우 교수가 앉아 있었다. 그는 두 사람이 들어왔다는 사실도 모른 채 노트북을 들여다보는 데 집중하는 중이었다.

"교수님."

조민준이 조용히 부르자 윤민우는 그제야 고개를 들었다.

"아! 팀장님. 몸은 어떠세요?"

"괜찮습니다."

"다른 분들 일은 뭐라 위로의 말씀을 드려야 할지……."

윤민우는 무거운 표정으로 말했다.

"추종국을 빨리 잡는 게 제일 좋은 위로가 되겠죠."

"아! 그것과 관련해서 말인데요, 제가 범인, 그러니까 추종 국의 전화를 또 받았습니다."

"들었습니다. 다만 어떤 내용인지는 모릅니다."

조민준은 그렇게 말하며 윤민우의 맞은편에 앉았다. 하유리 역시 조민준 옆에 앉았다.

"제가 설명해드릴게요. 주의 깊게 들어주세요. 그리고 제 생 각과 같은지 말씀해주세요."

윤민우는 그런 말로 운을 떼운 뒤 자기와 추종국과의 통화 내용을 생생하게 전했다. 조민준과 하유리는 그야말로 주의를 기울여 윤민우의 말을 들었다. 이윽고 이야기가 끝났을 때 조민준이 대번에 질문을 던졌다.

"공범이 있는 거 아닐까요?"

"맞아요. 제 생각과 같으시네요."

윤민우는 만족스러워하는 표정을 지어 보였다. 하유리가 조심스럽게 끼어들었다.

"저도 같은 생각이에요. 준비해놓은 원고를 읽는데, 그 외의 질문을 받으면 당황하는 걸 보면 확실히 원고를 쓴 사람이 따로 있는 게 아닌가 싶어요."

"바로 그 지점을 저도 이상하게 생각했어요. 게다가 이것 보세요. 제가 추종국의 범행 당시 수사 기록을 좀 찾아봤는데요……."

그 말과 함께 윤민우가 조민준과 하유리를 향해 자기 노트북을 돌려서 보여줬다. 거기에는 추종국의 신상과 증언, 그리고 프로파일링 기록 같은 게 떠 있었다. 윤민우는 말을 이었다.

"거기 나와 있는 걸 보면 아시겠지만, 추종국의 지능지수는 75 정도예요. 지적장애라 할 수는 없지만 요즘 말로는 경계선 지능인 수준인 거죠."

"그렇다는 건…… 치밀한 계획과는 거리가 멀다?"

조민준의 물음에 윤민우는 고개를 끄덕였다.

"저는 그렇게 생각합니다. 팀장님도 아시겠지만, 지금 이 사건 그냥 충동적으로 저지를 수 있는 게 아니잖아요. 고민하고,

계획하고, 또 실행하기까지 여러 단계를 거쳐야 합니다."

"그러면 머리 좋은 공범이 있다는 뜻이네요?"

하유리가 물었다.

"무엇보다, 추종국은 동기가 부족해. 하필이면 왜 이런 사건을 벌이는지 그걸 납득할 수 없다는 거지."

조민준이 말하자마자 윤민우가 "아!" 하며 나섰다.

"그건 나름의 이유가 있긴 해요. 굳이 의미를 부여하자면."

"그게 뭐죠?"

"저도 이번에 진술서를 읽으며 알게 된 건데, 추종국은 초등학교부터 고등학교까지 줄곧 학교 폭력에 시달렸던가 봅니다. 머리를 크게 다쳤다고 자기 입으로 말하기도 했어요. 그러면서 어릴 때의 그런 경험이 아니었다면 자기가 이렇게 비뚤어진 인간이 되지는 않았을 거라고도 이야기했습니다. 물론, 전형적인 변명이긴 하지만."

"교수님이 보시기엔 어떠세요? 학창 시절의 그런 아픈 경험이 추종국의 첫 범죄를 추동했다고 보십니까?"

조민준이 물었다.

"어느 정도는요. 추종국의 범죄에서 특이했던 건 초등학생 둘을 성적으로는 전혀 건드리지 않았다는 겁니다. 그저 자기의 폭력성을 과시하는 수단이었던 거죠. 저는 어릴 때의 트라우마가 초등학생, 그러니까 어린아이를 향한 폭력으로 나타날 수도 있었을 거라고 짐작합니다."

"음…… 단독범이든 아니든, 추종국이 전혀 동기가 없는 건 아니다?"

"그런 셈이죠."

"하나 더 궁금한 게 있어요."

하유리는 그렇게 말한 후 잠시 생각을 고르는 듯하다가 입을 열었다.

"추종국이나 공범이나 아무튼 누구든 상관없이 범인은 왜 교수님께 연락해 온 걸까요?"

"아마 범인은 이렇게 생각하는 것 같아요. 제가 가해한 아이들 편이라고."

"실제로는 어떻습니까?"

이번에는 조민준이 물었다.

"뭘 말입니까?"

윤민우가 되물었다. 찰나의 순간, 회의실에 긴장감이 맴돌았다. 하유리는 두 사람을 번갈아 보며 숨을 죽였다. 곧 조민준이 말했다.

"김하민 군 사망 사건에 관한 교수님의 입장."

"가해한 아이 모두 제대로 된 처벌을 받지 않았다는 건 안타까워요. 다만 그것과 형사미성년은 따로 떼놓고 봐야 한다는 게 제 생각입니다. 물론 끔찍한 짓을 저지르긴 했지만, 제가 상담한 아이 중 적어도 한 명은 충분히 뉘우치고 있었어요. 저는 지금의 형법 제9조를 이대로 유지해야 한다는 입장입니다."

"하지만 그걸 악용하는 사례가 너무 많잖아요. 촉법소년일 때 범죄를 저지르면 그거야말로 완전, 아니 완벽 범죄가 되어 버린다는 걸 아이들이 더 잘 알고 있어요. 결과적으로 그 사건에서 뉘우친 것도 한 명뿐인 거잖아요."

하유리가 불만 섞인 표정으로 말했다.

"완벽 범죄라…… 어떻게 보면 그 표현이 맞겠네요. 범죄가 들통나도 처벌을 받지 않으니. 하지만 그런 소수의 아이가 있다고 해서 다수의 실수까지 처벌한다는 건……."

그때였다. 조민준이 손을 들어 윤민우의 말을 끊었다.

"죄송합니다. 제가 질문을 드린 의도는 이런 소모적인 논쟁을 하자는 게 아니었습니다. 철저하게 범인의 관점에서 봤을 때, 교수님의 신념이 어떤 식으로 읽힐까 그게 궁금했을 뿐입니다."

"그게 중요한가요?"

윤민우가 물었다.

"중요하죠. 적어도 범인에게는. 왜냐하면 자기 명분에 정면으로 반하는 존재가 교수님이니까요. 그러니 앞으로도 계속 연락해 올 겁니다. 그리고 우린 그걸 역으로 이용할 수도 있고요."

조민준의 말에 윤민우는 이해했다는 듯 고개를 끄덕했다.

"그럴 수 있겠네요."

"그러면 우리 셋은 당분간 꼭 붙어 있어야겠네요?"

하유리가 물었다.

"그렇지. 한 팀이 돼서 우선은 추종국을 쫓아야겠지."

조민준의 말에 윤민우가 질문을 던졌다.

"그러면 당장은 뭘 하면 되죠? 연락이 올 때까지 마냥 기다릴 순 없잖아요."

"추종국 주변은 2팀에서 샅샅이 뒤지고 있을 겁니다. 거긴 믿고 맡겨두는 대신 우리는 다른 방법으로 접근해봐야죠."

조민준은 그렇게 말한 후 설명을 시작했다.

공식 기자회견 자리에 선 건 현승주였다. 그야말로 수많은 기자가 먹잇감을 노리는 눈빛으로 현승주를 보고 있었다. 현승주는 연단 앞으로 향하기 전 작게 숨을 골랐다. 이런 경험이 한두 번이 아니었지만 그래도 불편한 건 사실이었다.

현승주가 연단으로 향하자 카메라 플래시가 폭죽처럼 터졌다. 방송국에서도 나와 기자회견을 생중계한다는 걸 현승주도 잘 알고 있었다. 윗선에서는 민감한 질문이 쏟아질지도 모르니 수사 상황만 발표하고 그대로 회견을 종료하라는 지시가 있었다. 그러면 언론의 화살은 현승주에게로 향할 게 뻔했다. 그렇

125

다고 상부 지시를 어길 수는 없었다. 현승주로서는 진퇴양난인 셈이었다.

"안녕하십니까? 강력범죄수사대의 현승주 경무관입니다. 이번 미성년자 연쇄 살인 사건 및 박수호 학생 납치 사건에 관한 브리핑을 시작하겠습니다. 현재 경찰은 20년 전 초등학생을 살해한 전과가 있는 추종국을 유력 용의자로 보고 그 뒤를 쫓고 있습니다. 한편, 박수호 학생은 생존 중인 것으로 파악하고 있으며 무사히 구조하기 위해 전력을 다하고 있습니다. 일선 경찰 모두에게 추종국의 사진을 배포하고 경계 및 검문의 강화를 지시했고, 박수호 학생이 납치되어 있을 만한 건물을 추려내는 수사 역시 활발하게 진행 중입니다. 저희는 최선을 다해 이 사건을 해결하려고 가용할 수 있는 경찰 인력을 총동원해 수사하고 있습니다."

현승주는 자기가 읽으면서도 껍데기뿐이라고 느꼈다. 기자는 물론이고 방송이나 기사를 통해 이 내용을 접하게 될 일반 시민 역시 경찰이 아무런 대책이 없다는 걸 금세 눈치챌 것이다.

"이상으로 브리핑을 마칩니다. 오늘은 질문을 받지 않습니다."

현승주의 말이 끝나자마자 기자석에서 불만 섞인 목소리가 터져 나왔다.

"질문받으세요!"

"뭐 하자는 겁니까?"

"경찰이 유튜버보다 정보가 없다는 게 말이 됩니까?"

"범인의 요구는 들어주지 않을 생각입니까?"

"구체적인 수사 방향을 말씀해주세요!"

"국민 다수가 단죄자의 범행을 지지하는 건 어떻게 생각하십니까?"

마지막에 들린 그 질문이 현승주의 신경을 긁고 말았다. 퇴장하던 현승주는 연단으로 돌아와 마이크 앞에 섰다. 그러고는 목소리를 높였다.

"그 명칭, 사용하지 마십시오. 그 누구도 사적인 단죄를 할 수 없습니다. 추종국이 자기를 단죄자라 칭하는 것부터 과시욕에 빠졌다는 걸 알 수 있습니다. 범인은 단죄자이기는커녕 미성년자를 무참히 죽이는 학살자일 뿐입니다! 우리 경찰은 범인, 추종국을 반드시 잡아 법의 심판대에 세울 것입니다!"

현승주의 말이 끝나기 무섭게 다시 수많은 질문이 쏟아졌지만, 이번에는 대응하지 않고 바로 퇴장했다. 그는 알고 있었다. 참아야 했다는 걸. 하지만 그러지 못했다. 단죄자라는 단어를 듣는 순간, 희생당한 1팀이 떠올랐기 때문이다. 비겁한 함정을 파서 경찰을 해친 놈을 단죄자라 불러주는 건 참을 수 없었다. 물론 자기 마음과는 달리 기사가 나갈 건 뻔한 일이었다. 그리고 청장에게 무참히 깨질 것도 불 보듯 뻔한 일이었고.

현승주의 예상대로 기자회견 직후 엄청난 양의 기사가 쏟아졌다. 대부분 경찰 대응에 관해 부정적인 논조의 기사였다. 조회수를 노린 자극적인 제목의 기사도 수없이 올라왔다. '경찰, 단죄자와 전면전 선포', '경찰은 촉법소년을 옹호하는가?', '명분을 잃은 경찰, 명분을 얻은 범인' 등이 특히 높은 조회수를 기록했다. 그리고 그런 기사 밑에는 셀 수 없을 정도로 많은 댓글이 달렸다. 경찰의 무능을 질타하는 댓글이 주를 이루면서도 추종국, 아니 단죄자를 응원하는 댓글도 상당수를 차지했다.

경찰은, 여론전에서 밀리고 있었다.

주성호는 단죄자가 보내온 영상에 충격을 받아 한동안 멍하니 앉아 있었다. 단죄자의 지시는 간단했다. 이 영상을 내보내라. 그것도 가능한 한 빨리. 영상은 그리 길지 않았다. 이걸 편집해 넣는 것 정도는 시간이 오래 걸릴 일이 아니었다. 다만…… 내용 자체가 워낙 끔찍해 망설여졌다. 이걸 그대로 내보냈다가는 유튜브에서 영상을 막을 게 분명했다. 그것만이 아니었다. 지금까지는 그저 단죄자의 말을 전하는 정도였고 그렇기에 법적으로 큰 문제가 없었다 해도, 이 영상을 올리는 순간부터는 거의 공범 수준으로 보일 게 뻔했다. 적어도 경찰 눈에는.

"어떻게 하지……."

모니터 앞에 앉아 다리를 달달 떨며 주성호는 고민에 빠졌다. 이번 사건과 관련해 지금까지 올린 영상의 총 조회수는 벌써 800만이 넘었다. 어디 그뿐인가. 구독자도 120만 명으로 훌쩍 늘었다. 어림짐작만 해봐도 단 며칠 사이에 수천만 원 이상 번 것이다. 물론 그 사실이 제일 기쁘긴 했지만, 남이 못 하는 아주 특별한 일을 한다는 자부심도 주성호가 거침없이 영상을 만드는 데 한몫했다. 수없이 달리는 댓글 중 '정의 구현'이라는 표현이 주성호는 제일 마음에 들었다. 단죄를 실행하는 이는 따로 있지만 그걸 생생하게 전달해 명분을 만들어주는 건 바로 자신이라고 주성호는 자부했다. 지금껏 쓸모없이 살아온 자기가 비로소 쓸모를 얻은 것 같았다.

그렇다면…… 그 어떤 순간에도 '이슈킹'의 모습을 지켜야 하는 건 아닐까?

그렇게 생각하자 고민이 사라졌다. 주성호는 바로 세팅을 한 후 방송부터 찍기 시작했다. 단죄자가 준 영상은 뒤에 붙일 생각이었다. 그래야 더 극적 효과가 발생할 테니까.

안녕하십니까?

이슈킹 TV의 이슈킹 인사드립니다. 저는 이번에도 여러분이 그토록 기다리시는 A군 연쇄 살인 사건과 관련한 이슈를 들고 찾아왔습니다!

어떤 이슈인지 듣기 전에, 먼저 '구독'과 '좋아요' 눌러주시면 감사하겠습니다.

구독자 여러분도 이미 아시겠지만, 경찰이 단죄자의 정체를 밝혔죠. 하지만 결국 체포하지는 못했습니다. 우리의 단죄자는 어떤 상황에서도 신념을 잃지 않고 끝까지 단죄하겠다는 굳은 의지를 제게 들려주었습니다.

그리고 그런 의미에서 바로 이 영상을 제게 보내왔습니다!

자, 지금부터 보여드릴 영상은 아주 충격적이고 자극적입니다.

한마디로 잔인하다는 뜻이죠.

그럼에도 제가 이 영상을 공개하는 이유는, 앞서 말씀드린 것처럼 단죄자의 신념을 엿볼 수 있기 때문입니다. 이렇게 해서라도 나쁜 놈을 벌하고 잘못된 법을 바로잡겠다는 그 신념 말입니다.

그러면 시청에 주의하시라는 말씀을 드리면서…… 영상 공개하겠습니다!

영상에는 의자에 묶인 박수호가 등장했다. 소년은 눈이 가려진 상태였다. 그런 채로 부들부들 떨고 있었다. 실종됐을 때의 차림새 그대로였고, 이미 한 차례 잘려 나간 왼손 새끼손가락

130

에는 붕대가 둘둘 감겨 있었다.

현장을 특정하기는 어려웠다. 카메라가 박수호를 워낙 가까이 잡고 있어 뒤쪽 벽의 일부분밖에 보이지 않았다. 그나마도 검은색 천으로 가려놓았다. 즉, 박수호의 뒤편에 보이는 건 엄밀히 말하면 벽이 아니라 검정 천이었다. 그랬기에 유독 새하얀 소년의 얼굴과 팔다리, 그리고 밝고 선명한 색상의 옷 같은 게 더 도드라져 보였다.

박수호는 작은 소리만 들려도 움찔움찔 놀랐다. 그러면서 너무 울어 쉰 게 분명한 목소리로 작게 속삭였다.

"살려주세요. 살려주세요."

그 가녀린 외침에도 대답은 돌아오지 않았다. 대신에 한참 후 누군가가 화면 안으로 들어왔다. 전신이 다 보이는 건 아니었다. 가슴 위쪽으로는 카메라 앵글에 잡히지 않았다. 하지만 그가 자그마한 몸집의 남자라는 걸 알아보기란 어려운 일이 아니었다.

"아저씨! 자, 잘못했어요."

인기척을 느낀 박수호가 이리저리 두리번거리며 사정했다. 아이는 앞으로의 일을 직감한 듯 울음을 터트렸다. 남자는 오른손에 펜치를 들고 있었다. 무엇이든 잘라버릴 만한 크고 무거운, 그리고 손때가 잔뜩 묻은 공구였다.

딸깍. 딸깍. 딸깍.

남자가 펜치를 쥐었다 폈다 할 때마다 거슬리는 소리가 났다. 박수호는 이미 익숙한 듯 그 소리를 듣자마자 미친 듯이 발버둥 쳤다.

"안 돼요…… 제발…… 여기선 조용했잖아요! 제발……."

목소리가 점점 커지자 남자는 소년의 입에 돌돌 만 목장갑을 쑤셔 넣었다. 박수호는 욱욱 소리를 내며 발악했다. 남자는 신경 쓰지 않았다. 그저 자기의 일을 묵묵히 할 뿐이었다. 묵직한 펜치를 들고서 박수호의 오른손 새끼손가락을 들어 올린 것이다.

그러고는…….

"꺼!"

"네?"

"끄라고!"

2팀 팀장인 김주혁이 소리치자 다른 형사가 재빨리 동영상을 중지했다. 회의실에 싸늘한 침묵이 맴돌았다. 누구도 섣불리 입을 열 수 없는 분위기였다.

조민준은 팔짱을 낀 채 스크린을 보고 있다가 조용히 회의실에서 나왔다. 이슈킹이라는 유튜버는 아직 누구인지 특정하지 못한 상황이었다. 그렇다는 건 추종국의 일방적인 메시지가 당분간은 지금처럼 가감 없이 전달된다는 뜻이었다. 방금 올라온 동영상 역시 엄청난 조회수를 기록할 게 뻔했고, 댓글도 수없이 달리리라. 추종국의 단독 범행이든 아니면 공범이 있든, 범인은 화제를 모으고 여론을 자신 편으로 만드는 법을 잘 알았다. 이번 영상으로 윗선은 더 큰 압박을 받을 것이다. 그 압박은 몇 배는 더 커져서 일선 경찰에게로 내려온다. 그렇게 되면 수사를 직접 하는 경찰은 초조함을 느끼고 그게 결국 판단 착오로 이어진다. 그 결과가 바로 자기 팀원의 희생이었다는 걸 새삼 깨달으며, 조민준은 주먹을 꽉 쥐었다.

이대로라면 승산이 없었다.

5월 27일까지는 이틀도 채 남지 않았으니까.

"어떻게 됐어요?"

다른 회의실로 들어가자마자 하유리가 대번에 물었다.

"예상했던 대로야. 박수호 군 손가락을 절단하는 영상이 올라왔어."

"그건 저도 방금 봤어요."

하유리는 휴대폰을 들어 보이며 말했다.

"2팀에서는 추종국의 소재를 파악하는 데 주력하고 있는데 그게 쉽지 않은가 봐. 하필이면 추종국의 집 앞을 비추던 CCTV가 작동을 안 해서 놈이 언제 집에서 나왔는지조차 모르는 상황이야. 추종국은 박수호를 데리고 분명 그 집에 있었어. 우리가 도착하기 전까지는 말이야. 이후 추종국이 어디로 이동했는지를 알아내는 게 관건인데 그 단계에서 이미 막힌 거야. 윤민우 교수에게 걸려 온 전화는 추적해봤어?"

조민준이 물었다. 하유리는 한숨부터 쉬었다.

"통신 영장 받아서 뒤져봤는데, 결론부터 말씀드리면 꽝이에요. 발신번호표시제한으로 걸려 온 전화를 추적했는데 발신지가 인도였어요, 인도."

"인도?"

"요즘은 앱 몇 개만 설치해도 번호 안 뜨게 하는 건 물론이고 발신지 위치도 마음대로 바꿀 수 있대요. 물론 대중적으로 알려진 방법은 아니라곤 하는데……."

"그러면 우선 그것부터도 추종국과는 어울리지 않는 행동인 거야. 그렇지?"

"네. 편견일 수도 있지만 보통 사람도 잘 모르는 앱을 경계선 지능인인 추종국이 깔아서 능수능란하게 상대방을 속인다는 게 저는 이해가 안 됩니다."

"나도 같은 생각이야. 2팀에서는 추종국이 범죄를 저질러 교도소에 가기 전 만났던 사람까지 다 캔다고 했어. 그런 이들 가운데 공범이 있을지 모르니까. 그래도 여전히 이해가 안 되는 게 있지."

"맞아요! 도무지 동기를 알 수 없어요."

하유리는 답답하다는 표정으로 외쳤다.

추종국은 왜 이 범죄에 뛰어들었을까?

이 질문에 대한 답은 아직 아무도 찾지 못했다. 당연하게도, 죽은 김하민 가족과 추종국 사이에는 접점이 전혀 없었다. 그렇다고 추종국이 박수호를 풀어주는 대가로 거액을 요구한 것도 아니었다. 대신 복수를 해준다고 해서 김하민 가족이 돈을 줄 수 있는 형편도 아니었고. 한마디로, 추종국은 무동기 범죄를 저지르고 있는 셈이었다.

"윤민우 교수는 출발했어?"

조민준이 물었다.

"네. 시간상 조금 있으면 생방송에 출연할 거예요."

"그래. 거기서 윤 교수가 범인을 최대한 자극할 수 있길 기대해야지."

조민준이 세운 또 다른 계획이란 간단했다. 추종국이든 아니든, 범인을 자극해 다시 연락해 오도록 만드는 것. 그래야 조금이라도 더 정보를 얻을 수 있다. 윤민우 교수 휴대폰은 통화 중 녹음이 안 되는 기종이라 함께 있을 때 범인의 이야기를 들어보는 게 중요했다. 그랬기에 윤민우는 지금껏 거절했던 방송국의 생방송 토론 프로그램에 참여하기로 한 것이다. 물론, 그 프로그램에서도 윤민우는 늘 해왔던 주장을 반복할 생각이었다.

생방송 토론 프로그램의 제목은 '촉법소년, 이대로 괜찮은가?'였다. 윤민우는 그 제목부터 마음에 안 들었다. 방송국에서조차 미성년자를 상대로 한 잔혹한 범행에 초점을 맞추기보다 범인이 던진 화두를 그대로 따라서 외치는 느낌이었다. 패널 구성도 마음에 들지 않았다. 무차별 끝장 토론이라는 포맷으로 부른 패널은 윤민우를 포함해 모두 네 명이었다. 그중 셋은 TV에 자주 나오는 인기 변호사와 전직 경찰, 그리고 사회학자로 사실상 줄곧 형법 제9조를 비판하던 인물이었다. 그러니 윤민우는 1대 3의 구도로 토론을 펼쳐야 하는 셈이었다.

저녁 6시 정각이 되자 생방송이 시작됐다. 진행자가 다소 흥분한 목소리로 프로그램의 시작을 알렸다.

"시청자 여러분, 안녕하십니까? 긴급 편성한 생방송 끝장 토론, '촉법소년, 이대로 괜찮은가?'를 시작하겠습니다. 이 자리에는 이민수 변호사, 전직 베테랑 형사였던 민대호 조사원, 그리고 김미리 교수와 윤민우 교수가 함께했습니다. 자, 네 분께 간단히 묻겠습니다. 이번 'A군 연쇄 살인 사건'을 어떻게 보고 계십니까?"

"먼저 용어 정리부터 해야 할 거 같은데요."

윤민우가 손을 들고 말했다.

"아! 유 교수님. 어떤 용어를 말씀하시는 건가요?"

진행자가 물었다.

"경찰에서 공식적으로 사용하는 건 'A군 연쇄 살인 사건'이 아니라 '미성년자 연쇄 살인 사건'입니다. 앞선 용어는 범인이 일방적으로 주장하는 것으로…….."

"지금은 그게 중요한 게 아닌 것 같습니다만."

퇴직 후 현재는 민간 조사원으로 일하는 민대호가 바로 딴죽을 걸었다.

"아닙니다. 아주 중요합니다. 범인이 제시한 용어를 사용한다는 건 촉법소년은 사적 복수로 다뤄야 한다는 프레임을 그대로 수용하는 것이나 다름없습니다."

윤민우는 물러서지 않았다. 지금 밀리면 절대 판세를 뒤집을 수 없다는 생각에서였다. 자신은 이미 기울어진 링에서 싸우고 있는 거니까.

"네, 알겠습니다. 윤민우 교수님께서 제기하신 문제점 인지하고 진행하겠습니다. 그러면 다른 분도 발언해주시죠."

"형법 제9조, 이른바 촉법소년의 가장 큰 문제점은 범죄 행위를 저지르는 아이들이 이걸 악용한다는 데 있습니다. 즉, 자기는 촉법소년이니 처벌받지 않는다는 걸 알고 더욱 과감하고 끔찍한 범죄를 저지른다는 거죠. 이게 사회 문제가 된 게 벌써 몇 년 전의 일입니다."

김미리가 말했다. 그는 촉법소년에 대해 끊임없이 문제를 제기해온 유명 인사였다. 관련 책만 해도 두 권을 썼다.

"저 역시 김 교수님과 같은 생각입니다. 촉법소년 연령대에

137

해당하는 아이가 저지른 범죄 건수가 날이 갈수록 늘고 있어요. 지금의 형법은 1953년에 제정되었습니다. 제9조도 그때 포함된 건데, 당시의 기준을 21세기인 현재에 맞춘다는 발상 자체가 말이 안 되는 거죠. 그때의 14세와 지금의 14세는 신체나 정신적인 면에서 차이가 큽니다. 그런 점에서 보자면 형사미성년의 나이를 낮추는 게 필요합니다."

이민수는 변호사답게 조목조목 따져가며 말했다. 이에 질세라 민대호가 목소리를 높였다.

"나이도 나이인데, 처벌을 강화해야 합니다! 죄를 지으면 나이 불문 큰 대가를 치른다는 걸 알아야 무분별한 범죄가 사라질 겁니다. 안 그렇습니까? 이번 사건만 해도 그래요. 죽고 납치당한 애들, 사실상 모두 범죄자 아닙니까? 이 애들이 적절한 처벌만 받았다면 지금의 사건도 일어나지 않았을 거예요."

"알겠습니다. 세 분은 비슷한 취지의 말씀을 해주셨는데, 윤민우 교수님은 어떻게 생각하십니까?"

진행자가 윤민우에게 물었다. 다분히 다른 의견을 기대한다는 말투였다.

"저는 형사미성년을 두고 다양한 논의가 오간다는 건 언제든 환영합니다. 이 세상에 절대적으로 옳은 법이란 존재하지 않으니까요. 다만, 이런 논의의 핵심이 처벌하느냐 하지 않느냐에 맞춰지는 건 바람직하지 않다고 생각합니다. 미성년자,

특히 형사미성년은 정신적으로나 도덕적으로 채 성장하지 않은 경우가 많습니다. 게다가 완전히 처벌에서 면제되는 것도 아닙니다. 죄의 경중에 따라 소년원에 가기도 하는 상황에서 처벌의 수위와 범위만 넓히는 것이 능사가 될 수는 없습니다."

윤민우의 발언이 끝나기를 기다렸다는 듯 김미리가 질문을 던졌다.

"그렇다면 유 교수님께서는 이번 사건의 피해자인 그 아이들이 과거 사건에서 적절한 처벌을 받았다고 생각하십니까?"

한 번 호흡을 가다듬은 뒤 윤민우는 신중히 대답했다.

"그건…… 아닙니다. 하지만 그렇다고 해서 지금 벌어지고 있는 사적 보복이 정당화될 순 없습니다!"

"물론 그렇기는 하죠."

이번에 입을 연 건 이민수였다. 그는 그렇게 운을 뗀 후 말을 이어갔다.

"하지만 다수의 사람이 단죄자의 의견에 공감하고, 또 그 행동에 지지를 보내고 있다는 사실 또한 염두에 둘 필요가 있지 않을까요? 그러니까 이런 겁니다. 그릇된 수단인 건 분명하지만, 그렇다고 해서 그걸 통해 얻는 결과 역시 잘못되었다고 단정 지을 순 없는 거죠. 저는 희생당한 아이들에 대해선 매우 유감스럽게 생각합니다만, 지금의 이 사건이 촉법소년으로 대표되는, 법의 테두리 바깥에서 온갖 악행을 저지르는 이들에게는 큰 경종을 일으켰다고 결론 내리고 싶습니다.”

이민수의 말이 끝나자마자 방청객 사이에서 박수가 터져 나왔다. 윤민우는 지금이야말로 자기가 계획했던 것을 실행할 때라고 직감했다. 그는 박수 소리가 잦아들기를 기다렸다가 카메라를 똑바로 보고 목소리를 높였다.

“단죄자. 아니, 저는 범인이라 부르겠습니다. 범인은 이 방송을 즐기며 보고 있을 겁니다. 그렇죠? 그러니 바로 당신, 범인에게 한마디 하겠습니다. 당신은 정의의 사도도 아니고 영웅도 아니야! 그냥 변태 사이코패스일 뿐이야! 단죄라는 거창한 명분을 내세우긴 했지만, 당신도 알고 있을 거야. 그저 살인과 고문을 즐기기 위해 이런 짓을 저지르고 있다는 사실을. 당신이 진정한 단죄자가 되려 했다면 형사미성년인 아이들을 해칠 게 아니라 그 부모들, 아니면 나처럼 형법 제9조를 옹호하는 사람에게 테러를 가했어야지. 안 그래? 하지만 당신은 그럴 의지도, 능력도, 심지어 용기도 없어. 그러니까…….”

“자자, 지금 유 교수님께서 흥분하신 것 같은데…….”

진행자가 끼어들었지만 윤민우는 말을 멈추지 않았다.

“그러니까 불행의 늪에 빠진 힘없는 아이들을 목표물로 삼았겠지! 그 아이들 역시 사정이 있고, 그렇기에 가해자인 동시에 피해자일 수도 있다는 생각은 못 해봤지? 나는 수백 명의 형사미성년을 만나 상담하면서 알게 됐어. 그들을 범죄의 궁지로 내몬 건 우리 어른과 사회 시스템 그 자체라고! 이걸 뜯어고치지 않는 한 법을 아무리 수정해도 비슷한 일은 반복될 거야! 그런 고민을 한 번이라도 해봤나, 응? 단죄라는 이름으로 당신의 비열하고 치졸하며 비겁한 살인과 폭력 행위를 정당화하지 마! 나는 당신이 빈껍데기뿐이라는 걸 잘 알고 있어. 그저 즐기고 있다는 것도! 그러니……."

윤민우의 격양된 연설은 마이크가 꺼지고 갑자기 광고가 흘러나오면서 강제로 끝을 맺게 되었다.

하지만 발 빠른 이들은 윤민우가 격정적으로 외친 부분만 잘라 어느새 유튜브나 SNS로 옮기기 시작했다.

박수호는 몽롱한 상태에서도 필사적으로 머리를 굴렸다. 자기는 지금 묶여 있지 않았다. 그건 알 수 있었다. 또 하나, 그 나쁜 아저씨가 TV에 푹 빠져 있다는 것도…….

아저씨가 먹인 약 덕분인지 손이 아프지는 않았다. 대신에 졸렸다. 졸려도 너무 졸렸다. 온몸이 꼭 초등학생 때 잠시 가지고 놀았던 슬라임처럼 축축 흘러내리는 느낌이었다. 하지만…… 묶여 있지 않다는 건 알았다. 10분 전, 화장실에 데려다주고 다시 의자까지 끌고 와 앉힌 다음, 아저씨는 누군가의 전화를 받더니 곧장 TV를 켰다. 그대로 끝이었다. 박수호는 아저씨가 자기를 묶는 걸 깜박한 모양이라고 이제는 확신했다.

처음 얼마간은 무서워서 움직일 엄두도 못 냈지만 지금은 아
니었다. 양손을 들어 빙글빙글 돌려보기도 하고, 뻣뻣하게 굳
은 다리를 꼼지락거리기도 해봤다. 그러는 중에도 계속 졸음이
밀려왔지만 박수호는 정신을 바짝 차리자고 계속 다짐했다. 그
랬기에 한 번 더 용기를 냈다. 내내 눈을 가리고 있던 천을 조
심스레 푼 것이다.

워낙 오래 눈을 감고 있어 그런지 처음에는 모든 게 뿌옇게
만 보였다. 초점이 맞지 않았다. 눈을 몇 번 감았다가 뜨자 자
기를 둘러싼 공간이 보이기 시작했다. 아주 어두웠다. 그나마
조금 열린 방문 틈으로 TV가 쏟아내는 불빛이 슬금슬금 들어
와 사물을 분간할 정도는 되었다. 박수호는 자기가 좁은 방에
갇혀 있다는 걸 깨달았다. 아니다. 적어도 지금은 갇히지 않았
다. 그 사실이 소년의 마음에 희망의 불씨를 심어주었다. 박수
호는 천천히 의자에서 일어났다. 소리는 거의 나지 않았다. 그
러고는 방문 앞으로 다가갔다. 가만히 귀를 기울였다. TV에서
누가 떠들고 있었다. 그 소리가 웅웅 울렸다. 아저씨는 TV를
꽤 크게 틀어놓고 있었다. 그야말로 좋은 기회였다. 살며시 문
을 당겨봤다. 박수호는 자기 몸이 빠져나갈 만큼만 문을 연 후
일단은 숨을 가다듬었다. 심장이 터질 것 같았다. 너무 긴장한
탓인지, 아니면 약기운이 떨어졌는지 손이 쿡쿡 쑤시기 시작했
다. 어쨌거나 그건 좋은 신호였다. 몽롱한 것보다는 나았다. 이

곳에서, 저 개새끼에게서 도망치기에는.

조심스레 문밖으로 나갔다. 거실이라 부르기에도 민망한 그 공간 역시 아주 좁았다. 그랬기에 TV를 향해 등을 돌린 채 앉은 아저씨 모습이 똑똑히 보였다. 아저씨, 그러니까 개새끼는 혼잣말을 자꾸 중얼거리며 TV에 정신을 팔고 있었다. 무방비 상태였다. 박수호는 한 발, 한 발 조용히 움직여 현관 쪽으로 향했다. 현관과의 거리는 채 몇 미터도 안 되는 것 같았다. 현관에 다다른 뒤 재빨리 문을 열고 바깥으로 달린다. 살려달라고 소리친다. 일단 편의점 같은 곳으로 뛰어 들어가 도움을 구한다. 짧은 순간이었지만, 머릿속에 여러 계획이 떠올랐다. 그것만으로도 너무 기뻐 몸이 떨렸다.

이제 현관까지는 단 두 걸음 남았다. 박수호는 달리고 싶다는 욕망과 싸워야 했다. 자칫 그랬다가 문을 열기도 전에 아저씨에게 들킨다면…….

안 돼.

박수호는 고개를 저었다. 마지막 순간까지 침착하고 냉정하게 대처해야 한다. 그건 엄마가 시험 기간에 늘 하던 말이기도 했다. 마지막 순간까지 침착하고 냉정하게 문제를 풀어야지! 지금은 엄마의 그런 잔소리마저 너무나 간절했다.

이제 한 걸음 남았다.

아저씨는 여태 TV만 보고 있었다. 곁눈질로 살폈지만 아저씨가 눈치챈 것 같지는 않았다. 박수호는 드디어 현관에 내려섰다. 문손잡이를 잡았다. 그 순간 깨달았다. 자물쇠가 채워져 있었다. 문을 열려면 우선 자물쇠부터 돌려야 했다.

소리를 내지 않고 자물쇠를 돌릴 수 있을까?

박수호는 당황했다. 아무리 조용히 돌린다 해도 딸깍, 하는 소리 정도는 날 것 같았다. 그렇다면 아저씨가 들을 게 뻔했다. 다만 한 가지 희망적인 건, 아저씨가 달려오는 사이 충분히 문을 열고 먼저 나갈 수 있을 것도 같다는 사실이었다. 박수호는 용기를 내보기로 했다. 아니, 이제 와서 다시 저 의자로 돌아갈 수는 없었다. 지금이 유일한 기회였다. 지금 도망치지 못한다면 자기는 죽을 거라는 걸, 박수호는 알고 있었다.

조심스레 자물쇠로 손을 뻗었다.

자물쇠를 돌리고, 문을 열고, 달린다.

그 생각을 하면서.

그때였다.

박수호가 미처 손을 다 뻗기도 전에 자물쇠가 저 혼자 돌아갔다.

"어?"

소년은 당황해서 그런 소리를 내고 말았다.

"뭐야?"

뒤쪽에서 아저씨의 외침이 들렸다. 박수호는 주춤주춤 뒤로 물러났다. 그 순간 현관문이 벌컥 열렸다. 날듯이 달려온 아저씨가 박수호의 목을 낚아챈 것 역시 바로 그때였다. 비명을 지르려 했지만 그럴 수 없었다. 아저씨가 입을 막아버렸기 때문에.

옥상에서 올려다보는 밤하늘은 잔뜩 흐렸다. 조민준은 비가 쏟아질지도 모르겠다고 생각하며 담배를 꺼냈다. 담배를 피우기 시작한 건 경찰이 되고 나서였다. 그 전까지는 담배의 필요성을 느끼지 못했다. 조민준에게 담배란, 그걸 피우는 시간만큼을 버리는 비효율적인 행위에 지나지 않았다. 그러다가 한 가지 사실을 알게 되었다. 인간은 함께 모여 담배를 피울 때 마음을 터놓고 이야기를 나눈다는 걸. 그건 술자리와는 조금 달랐다. 술을 마실 때의 대화는 어느 정도 과장과 허풍이 들어가지만, 얼굴을 맞대고 담배를 피울 때는 이야기가 훨씬 담백하게 변한다. 그걸 알게 된 후로는 일부러 담배를 피웠다. 그래야 타인의 심리를 알고 속마음을 들여다볼 수 있으리라는 생각에.

조민준이 막 담배에 불을 붙이려 할 때 옥상 문이 열리며 윤민우가 들어왔다.

"하 형사님이 여기 계실 거라고 하셔서요."

윤민우는 그렇게 말하며 다가왔다.

"방금 돌아오셨죠? 수고하셨습니다."

조민준의 말에 윤민우는 씁쓸한 표정으로 웃었다.

"수고는요. 보셔서 아시겠지만, 완전 난장판으로 만들고 왔는걸요."

"그래도 공감하는 사람이 꽤 많았을 겁니다."

"그랬으면 좋겠네요. 아! 저도 한 대 주실래요?"

윤민우는 담배를 가리키며 말했다.

"네."

조민준은 윤민우에게 담배를 건네준 후 불을 붙여줬다. 윤민우가 능숙하게 흰 연기를 내뿜었다. 연기는 바람을 타고 밤하늘로 흩어졌다.

"끊었는데 오랜만에 피우니까 좋네요."

윤민우는 담배를 들어 보이며 말했다.

"끊은 이유라도 있습니까?"

조민준이 물었다.

"딸아이가 중학교 1학년인데 서랍에 전자담배를 숨겨놓았더라고요. 그래서 말했죠. 아빠도 담배 끊을 테니까 너도 절대 손대지 말라고. 그러니까 이건 비밀로 해주세요."

"아! 물론입니다. 비밀 지키겠습니다."

그렇게 말해놓고 조민준은 금세 후회했다. 상대방은 가볍게 던진 말을 너무 진지하게 받아들였다는 걸 깨달아서였다. 다행히 윤민우는 웃고 넘어갔다.

그때였다. 휴대폰 진동 소리가 들렸다. 윤민우는 담배를 바

146

닥에 던진 후 재킷 주머니에서 바로 휴대폰을 꺼냈다. 조민준은 순간 윤민우의 표정이 굳는 걸 놓치지 않았다. 윤민우가 말했다.

"범인이에요!"

그의 휴대폰 액정에는 어김없이 '발신번호표시제한'이 떠 있었다.

"스피커 모드로 받으세요. 제가 그걸 녹음하겠습니다."

조민준은 자기 휴대폰을 꺼내며 말했다. 윤민우가 고개를 끄덕한 다음 전화를 받았다. 휴대폰 스피커에서 추종국의 목소리가 흘러나왔다.

"방송은 잘 봤어. 아주 열심히 떠들더군. 일부러 날 도발하려 한 건가?"

"그래. 도발하려고 했지. 내 예상대로 이렇게 전화를 준 걸 보니 도발이 먹힌 것 같은데?"

조민준은 계속하라는 뜻으로 윤민우에게 눈짓을 보냈다.

"지금부터 내가 하는 말 잘 들어. 오늘 당신이 보여준 그 명연설 덕분에 한 가지 아이디어가 떠올랐거든. 그러니까……."

"왜 갑자기 다른 소리를 하지? 이번에도 누가 적어준 걸 그대로 읽는 거야?"

추종국은 대답하지 않았다. 대신에 자기가 하려는 말, 혹은 누군가가 준비해준 말을 이어갔다.

"박수호를 심판대에 세워보려고 해. 내일, 즉 자정부터 이슈 킹 TV에서는 투표가 진행될 거야. '박수호에게 단죄를 내린다'와 '박수호를 용서하고 놓아준다' 중 하나를 선택할 수 있지. 이 투표는 26일 딱 하루 동안 진행될 거야. 전자가 많으면 박수호는 27일에 죽는다, 후자가 많으면 살려주도록 하지."

"잠깐! 지금 애 목숨을 가지고 이런 장난질이나 치겠다고? 정도껏 해!"

윤민우가 목소리를 높였다.

"만약 이 투표를 방해하려고 시도한다면 그 즉시 박수호는 죽는다. 그리고 투표 결과에 따라 어떻게 되는 건지도 라이브로 생생하게 보여줄 테니 기대해. 1번보다 2번이 많기를 바라겠지만, 글쎄…… 과연 그럴까?"

추종국이 거기까지 말했을 때였다. 조민준이 갑자기 끼어들었다.

"추종국 씨. 지금 다른 사람과 같이 있습니까? 그 사람에게 협박받고 있습니까? 그렇다면 말씀해주십시오!"

잠시 침묵이 이어졌다. 다음 순간, 날것 그대로의 추종국 목소리가 튀어나왔다.

"협박? 나는 이 일이 정말 재밌는걸? 크크크."

"이봐요. 추종국 씨!"

조민준이 다시 불렀지만 통화는 거기서 끝났다. 추종국이 일방적으로 전화를 끊어버렸다. 윤민우가 물었다.

"녹음하신 거죠?"

"네."

자기 휴대폰을 내려다보며 조민준이 대답했다.

"어때요? 통화를 직접 해본 감상."

윤민우가 다시 물었다.

"확실히…… 준비된 원고를 읽는 느낌이네요. 예상치 못한 질문을 받으면 철저히 무시하거나 침묵으로 일관하는 것만 봐도 알 수 있습니다."

"저도 같은 생각이에요. 게다가 방금 말한 투표 같은 경우도 순발력과 두뇌 회전이 빨라야 떠올릴 수 있는 아이디어 아닌가요? 추종국의 심리 분석 자료에 따르면 그가 그런 능력과는 거리가 한참 멀다고 나와 있어요."

"그렇다면 공범을 찾는 게 가장 중요할 텐데…… 당장은 투표 때문에 시끄럽겠군요."

두 사람이 그런 대화를 하고 있을 때였다. 옥상 문이 열리더니 하유리가 달려 올라왔다. 그는 꽤 당황한 표정이었다.

"팀장님……."

"왜 그래?"

전에 없이 행동하는 하유리를 향해 조민준이 물었다.

"하윤이가 도와달라고 연락을 해 왔는데…… 저…… 우리가 가도 되겠죠?"

"무슨 일인데 그래?"

"무서운 아저씨들이 찾아왔다고 그래요."

조민준은 잠시 고민하다가 말했다.

"일단 가보자고."

병실에 들어서기 전부터 떠들썩한 소리가 들려왔다. 복도에는 환자며 의료진 들이 삼삼오오 모여서 불안함과 호기심이 뒤섞인 표정으로 병실 안을 기웃거리고 있었다.

"이게 뭐 하는 겁니까?"

누군가가 그렇게 외치는 소리가 들렸고 뒤를 이어 욕설이 날아들었다.

"씨팔. 내가 내 돈 받으러 왔는데 왜 지랄이야, 지랄이!"

하유리는 그 소리를 듣자마자 사람들을 비집고 병실로 달려갔다. 조민준과 윤민우도 그 뒤를 따랐다.

"벌써 한 시간 넘게 저러고 있다니까."

"경찰은 불렀어?"

조민준은 수군거리는 소리를 들으며 병실 안으로 들어갔다. 6인실 제일 안쪽 병상에 척 보기에도 양아치 같은 남자 넷이 모여 서 있었다. 그 앞을 막아선 이는 머리가 벗어진 안경 쓴 초로의 남자였다. 김하윤은 하유리 옆에 꼭 붙어 서 있었다.

"야! 박수미! 갚을 돈은 없으면서 입원할 돈은 있어? 엉?"

양아치 중 한 명, 귀걸이를 한 남자가 소리쳤다. 김하윤의 엄마, 박수미는 상체만 비스듬히 일으켜서 연신 밭은기침을 할 뿐 대답조차 하지 못했다.

설명을 듣지 않아도 무슨 상황인지 충분히 알 수 있었다. 조민준은 씩씩거리는 귀걸이를 향해 다가갔다. 그러고는 다짜고짜 귀를 잡고 세게 당겼다.

"아아!"

귀걸이가 대번에 비명을 질렀다. 나머지 양아치 셋이 조민준에게 달려들려는 찰나, 하유리가 막아서며 외쳤다.

"광수대에서 나왔다! 움직이는 새끼는 바로 체포할 거니까 알아서들 해!"

"아파요! 왜 이러세요? 아악!"

조민준은 양아치의 귀를 당겨 주저앉게 만든 뒤 조용히 말했다.

"잘 들어. 한 번만 봐준다. 두 사람, 다시 또 괴롭히거나 돈 받겠다고 찾아오면 그땐 전부 잡아넣을 거다. 알겠어?"

"하, 하지만 분명히 돈을 빌려……."

귀걸이는 겁에 질린 표정을 하고서도 마지막으로 한마디를 하려 했다. 하지만 조민준이 허락하지 않았다.

"어차피 불법 사채잖아. 그러니까 조용히 돌아가. 내 마음 바뛰기 전에."

"네, 네!"

조민준은 그 대답을 듣고서야 귀를 놓아주었다. 귀걸이는 나머지 셋에게 눈짓을 보낸 후 쏜살같이 도망쳤다. 자기 귀를 부여잡은 채.

"제, 제가 잠깐 나갔다 온 사이에 저 아저씨들이 와서……."

김하윤은 더듬거리며 말했다.

"괜찮아. 이제 괴롭히는 일 없을 거야. 연락 잘 했어."

하유리가 소년의 등을 쓸어주며 달랬다.

"그런데 그쪽 분은 누구십니까?"

조민준은 양아치들을 막아섰던 나이 든 남자에게 물었다.

"담임 선생님이에요!"

김하윤이 먼저 대답했다.

"아! 네. 저, 하윤이 담임입니다."

남자가 한시름 놓았다는 표정으로 말했다.

"그러시군요. 잠시 이야기 좀……."

담임은 조민준의 말에 순순히 병실 밖으로 따라 나갔다. 두 사람은 이제 막 흩어지기 시작한 구경꾼을 지나 복도 벤치에 앉았다. 조민준이 먼저 입을 열었다.

"김하윤 군 집안 사정에 대해 잘 아시는 편입니까?"

"집안 사정이야 보는 그대로고, 저는 하윤이를 잘 안다고 자부했는데 오늘 보니 영 낯설더군요. 애가 많이 마르기도 했고. 꽤 오래 학교를 안 나왔거든요."

그렇게 말하는 담임의 눈가가 촉촉하게 젖었다.

"알고 있습니다. 김하윤 군과 인연이 깊으셨나 봅니다."

"하윤이는…… 다른 애들과 달랐어요. 이제 퇴직할 때가 다 된 남자 교사는 학생들 사이에서도 따돌림 아닌 따돌림을 당하죠. 그래서 담임을 잘 맡지 않는 건데…… 아무튼, 하윤이는 이런 저한테도 예의 바르고 친근하게 대했어요. 선생님, 선생님 하면서 이것저것 많이 묻곤 했죠. 제가 수학 담당이거든요. 늙은이 수학 선생은 다들 피하는데 하윤이는 수학을 좋아하고 재능도 뛰어나서 가르치는 재미가 있었죠."

"상을 많이 받았더군요, 김하윤 군이."

"그랬을 겁니다. 워낙에 똑똑한 아이라서. 뭐든 잘할 테니 크게 걱정은 안 합니다만, 그래도 이런 상황이 아니라면 더 빛을 발할 녀석인데……. 어머니만 건강하셨더라도 괜찮았을 거예요. 어머님이 장남 그렇게 되기 전까지는 하윤이 교육에 꽤 열정적이었어요. 본인도 공부를 잘했는데 집에서 받쳐주지 못해 한이었다고 하면서. 이런 일도 있었어요. 하윤이 어머님이 학부모 도서위원 봉사도 하셨거든요. 그때 며칠 만에 엑셀로 도서관 자료 검색 시트를 만들어주셨어요. 그 전 시트는 오류가 많았는데 그런 거 하나 없이 쉽게 검색할 수 있게 되었다고 사서 선생님이 감탄하더군요.”

“김하윤 군이 어머니를 닮은 거네요.”

“네. 하윤이는 어머니도, 그리고 자기 형도 정말로 사랑했습니다. 제일 상처 받은 게 하윤이일 것 같아 마음이 아프네요.”

담임은 끝내 눈물 한 방울을 떨어뜨렸다.

4부. 혼돈의 시간

5월 26일

투표 페이지는 자정이 되자마자 열렸다. 물론, 이슈킹의 영상도 함께 올라왔다.

안녕하십니까?

이슈킹 TV의 이슈킹 인사드립니다. 자, 이번에는 조금 새로운 소식으로 여러분께 찾아왔습니다. 커뮤니티에 올라온 투표 페이지 보셨죠?

그건 단죄자가 직접 요구한 겁니다. 그러니까 이런 거죠. 자정이 된 오늘 5월 26일부터 내일인 27일까지, 투표해서 그 결과를 통해 박수호를 살려줄지, 아니면 단죄할지 그걸 결정하겠다는 겁니다.

이야, 우리 단죄자 형님 콘텐츠를 너무 잘 이해하는 거 아닙니까? 이런 투표가 또 사람의 흥미를 끌고 사방으로 소식이 퍼져나가죠. 그렇다면 여러분도 소중한 한 표, 행사해주시기를 바랍니다.

박수호를 단죄해야 한다고 생각하시면 거기에 투표하시고, 그래도 소년이니 풀어줘야 한다고 생각하시면 거기에 투표하시면 됩니다.

간단하죠?

그리고 투표가 종료된 후의 상황은 제가, 이 '이슈킹'이 단독으로 생중계할 테니 많이 기대해주세요.

그러면 투표 전에 먼저 '구독'과 '좋아요' 눌러주시면 감사하겠습니다.

여러분의 선택으로 한 생명이 살 수도 있고 죽을 수도 있다, 혹은 벌을 받을 수도 있고 그냥 풀려날 수도 있다!

얼마나 극적입니까?

그럼 투표하시죠!

새벽 1시 정각, 강력범죄수사대 회의실에서는 수사 회의가 열렸다. 1팀과 2팀, 그리고 그 외 지원 인력은 물론이고 현승주까지 참석한, 그야말로 대규모 회의였다. 회의실이 꽉 찰 정도였고, 몇몇은 뒤에 서기도 했다. 병원에서 돌아온 조민준과 하유리도 당연히 회의에 참석했다.

"현재 2팀은 추종국을 쫓고 있습니다."

먼저 발표를 시작한 건 김주혁 팀장이었다. 그는 추종국의 얼굴이 크게 뜬 스크린을 가리키며 말을 이었다.

"추종국은 행방이 묘연합니다. 하지만 추종국이 푸른색 다마스를 몬다는 증언을 확보한 상태입니다. 전국의 다마스 운전자 중 추종국의 명의를 찾아내 그 차의 번호를 알아냈습니다. 이걸 토대로 서울권 도로 CCTV를 모두 뒤지는 중입니다. 다만, 현실적으로 시간이 꽤 걸리는 작업이라 27일 전에 놈을 잡아야 한다는 사실에는 변함이 없습니다."

"그놈 명의로 된 다른 집이나 하다못해 창고 같은 곳도 없나?"

현승주가 물었다.

"네, 없는 거로 파악했습니다. 다만, 아이를 데리고 숨어서 고문하며 동영상까지 찍기에 적합한 장소는 그리 많지 않다고 생각합니다. 그래서 추종국의 집 근처에 있는 폐공장이나 짓다만 건물 같은 곳을 집중적으로 살펴보고 있습니다."

김주혁이 거기까지 말했을 때 조민준이 손을 들었다. 현승주가 그걸 보고 물었다.

"자네는 뭘 알아냈어?"

"1팀에서 조사한 결과 추종국은 공범이 있습니다."

159

"뭐? 확실한 거야?"

현승주의 목소리가 대번에 높아졌다.

"네, 거의 확실하다고 생각합니다."

조민준은 그렇게 말하며 지금까지 알아낸 정보를 공유했다. 현승주는 물론이고 듣고 있던 다른 경찰도 표정이 변했다. 공범이 있다는 건 사건이 그만큼 더 복잡해진다는 뜻이었다.

"그러니까…… 경계선 지능인인 추종국 혼자서는 범행 계획을 세울 수 없다? 그래서 공범이 있다고 생각하는 거지?"

현승주의 물음에 조민준은 고개를 끄덕였다.

"윤민우 교수와 통화할 때도 의심스러운 구석이 많았습니다. 추종국은 제대로 된 대답은 못 하고 누군가가 써준 대로 읽는 것 같았습니다."

"그렇다면 범행을 계획한 놈이 따로 있고, 추종국은 실행만 할 뿐이라는 건가?"

이번에는 김주혁이 물었다.

"맞아. 유튜브를 통해 여론전을 펼칠 생각을 할 정도면 꽤 계획적이고 머리가 잘 돌아가는 놈이 추종국 옆에 붙어 있는 거야."

조민준이 대답했다.

"아니, 말 나온 김에 유튜버 그놈은 아직 정체 파악이 안 된 거야? 응?"

현승주는 씩씩거리며 물었다.

"현재 여러 제보가 들어오고 있습니다. 곧 정체는 물론이고 소재를 파악하겠습니다."

김주혁이 서둘러 대답했다. 실제로 이슈킹의 동영상 밑에 그 정체를 추측하는 댓글이 꽤 많이 달리고 있는 걸 조민준도 확인했다. 아마 또 다른 사이버레커들 역시 이슈킹이 누구인지 알아내기 위해 혈안이 되어 있으리라. 서로의 등에 수시로 칼을 꽂는 게 그 세계의 법칙이라는 건 익히 아는 사실이었다.

"투표 상황은 어때?"

현승주가 다시 물었다. 하유리가 손을 들고 대답했다.

"현재 한 시간 반 정도 흘렀는데 2만 명 이상이 참여했고, 단죄 쪽 비율이 압도적으로 높은 상황입니다."

"미치겠네. 도대체 어떻게 생겨먹은 인간들이 거기다가 투표하는 거야? 응? 그것도 그건데, 이제 하루 남았어, 하루! 그 안에 해결 못 하면 위에서부터 차례로 모가지 날아가는 거야! 알아?"

모두 그쯤은 알고 있었다. 이 사건은 이제 전 국민 이벤트가 되었다. 날마다 관련 기사가 셀 수 없이 쏟아지는 건 물론이고 대형 커뮤니티마다 이 사건을 두고 찬반 토론이 뜨겁게 펼쳐진다는 걸, 경찰이 모를 리 없었다. 한쪽에서는 경찰의 무능을 질타하고, 또 다른 쪽에서는 범인의 유능을 칭찬한다. 언제나 그렇지만 그 누구도 경찰 편을 들진 않는다. 사건이 어떻게 결론 나든 경찰은 욕을 먹게 되겠지만, 청소년이 잔인하게 살해당하는 장면이 유튜브를 통해 생중계되기라도 한다면 그건 이야기가 완전히 달라지는 문제가 될 터였다. 지금껏 경찰 편을 들었던 이조차 경찰을 공격할 게 뻔했다. 아니, 그런 건 둘째 치고라도 회의실에 있는 그 누구도 범인에게 놀아나고 싶지는 않았다.

"저희는 추종국 주위에 공범이 될 만한 인물이 있는지부터 알아보겠습니다. 교도소 때부터 뒤지면 반드시 단서를 찾을 겁니다."

조민준이 말했다.

"2팀은 추종국의 뒤를 계속 쫓겠습니다. 거기에 더해 유튜버까지 파악해내는 데 집중하겠습니다."

김주혁의 말까지 끝나자, 현승주가 벌떡 일어났다.

"우린 반드시 범인을 잡는다. 그리고 박수호를 구출한다. 대안은 없어! 명심해. 정의 운운하는 건 어디까지나 법의 테두리를 지켰을 때 인정받을 수 있어. 자, 그러면 움직인다! 알았나?"

"네!"

경찰들은 기다렸다는 듯 회의실을 빠져나갔다.

1팀은 나눠서 움직이기로 했다. 다행히 윤민우가 끝까지 도와주겠다며 가지 않고 기다리고 있었다. 조민준이 말했다.

"추종국이 복역했던 서울구치소에는 내가 가볼 테니까, 두 사람은 도윤호 부모 쪽으로 연락해서 괜찮다고 한다면 지금 당장 만나보고 오는 거로 하죠."

"네."

하유리가 대답했다.

"제가 상담한 아이 중 윤호가 가장 많이 뉘우치고 후회했어요. 그게 이 사건과 연관 있는지 그 점부터 확인해볼게요."

윤민우의 말에 조민준은 고개를 끄덕했다. 그러고는 말했다.

"감사합니다. 잘 부탁드립니다."

조민준은 먼저 움직였다. 서울구치소에 이미 양해는 구해놓은 상황이었다. 거기도 알고 있었다. 추종국이 희대의 쇼를 펼치고 있다는 것을.

쇼…….

그 단어가 지금의 상황을 설명하기에 가장 어울린다는 걸 인정하면서도 한편으로는 마음에 들지 않는다고, 조민준은 생각했다. 이것이 만약 거대한 쇼라면 주인공은 누구일까? 추종국이 아닌 진짜 주인공. 그걸 알고 싶었다.

새벽이었다. 마포를 빠져나가니 도로가 텅 비어 있었다. 서울구치소가 있는 의왕까지는 채 한 시간이 안 걸릴 것 같았다.

163

조민준은 전방을 주시하며 생각에 잠겼다. 현재 가장 중요한 건 박수호를 구하는 일이었다. 그 아이의 죽음이 중계되기라도 한다면 그 파장은 상상을 초월할 것이다. 그것만은 막아야 했다. 그러려면 공범이 누구인지 밝혀내는 게 중요했다. 추종국은 이런 짓을 벌일 이유도, 능력도 없다. 그는 어린아이를 폭행하고 죽인, 그러면서도 심신 미약으로 감형받은 파렴치한 살인마일 뿐이다. 그런 추종국이 출소 후 돌변해 정의를 구현한답시고 전국을 떠들썩하게 만드는 사건을 벌인다? 아무리 생각해도 말이 안 되었다. 조민준은 이번에도 역시 틈만 나면 머릿속을 싹 비우고 범인이라면 어떻게 했을까를 떠올리곤 했지만 매번 허탕이었다. 범인의 윤곽조차 그릴 수 없었다. 추종국을 뒤에서 조종하는 이, 그는 복수심에 불타는 인물일까? 아니면 그저 이 모든 상황을 즐기며 내려다보고 있는 소시오패스일까? 의문은 또 다른 의문만 낳았다. 이런 적은 처음이었다.

그렇다면…… 교도소에서 누군가를 만났거나 아니면 뭔가 영향을 받은 게 아닐까? 조민준은 그런 생각을 바탕으로 서울구치소로 향하고 있었다.

새벽 3시, 조민준은 서울구치소에 도착했다. 다행히 서울구치소에는 잘 아는 총무과장이 있었다. 긴박한 상황이라는 것도 총무과장에게 알렸고, 그는 기꺼이 도와주겠다고 했다.

총무과장인 박준석은 입구에서부터 기다리고 있었다. 차에서 내린 조민준은 박준석에게 고개를 숙였다.

"늦은 시간에 감사합니다."

"감사는요. 서로 도와야죠. 재소자가 면회실에서 기다리고 있습니다. 바로 가시면 됩니다."

"알겠습니다. 재소자도 대략의 상황은 알고 있는 거죠?"

"네. 설명했으니 잘 대답해줄 겁니다. 서희수라고, 추종국과 가장 친했던 인물입니다. 추종국은 여기서도 따돌림 비슷하게 당했는데 서희수는 그나마 그런 추종국을 챙겨주는 편이었죠."

"죄명이 뭡니까? 서희수라는 사람은."

"살인입니다."

그런 대화를 하는 사이 면회실 앞에 도착했다. 기다리고 있던 교도관이 문을 열어주었다. 조민준은 면회실 안으로 성큼 들어갔다.

서희수는 유약해 보이는 인상의 청년이었다. 다만 체구는 무척 커서 누가 쉽게 건드릴 것 같지는 않았다. 조민준은 잘 알고 있었다. 인상으로 모든 걸 판단할 수 없다는 사실을. 인상 좋은 살인자도 수두룩했다. 서희수 역시 그런 부류라고, 조민준은 생각했다.

"안녕하세요? 광수대 조민준 팀장입니다."

조민준은 그렇게 말하며 서희수 맞은편에 앉았다.

"네, 들었습니다. 종국 아저씨 일로 물어볼 게 있으시다고……."

"추종국 씨와 친했습니까?"

바로 질문을 던졌다. 지금은 빙빙 돌려 말할 시간이 없었다.

"여기서 제일 친했어요. 종국 아저씨, 착하거든요."

서희수는 희미하게 웃으며 말했다.

"그러면 추종국 씨에 대해 잘 아시겠네요?"

"그렇죠. 우린 비밀 없이 다 이야기했으니까요."

"혹시 출소 후에 뭘 할 건지 그런 이야기도 했습니까?"

"네, 했어요. 종국 아저씨는 문방구 주인이 되고 싶다고 했어요."

"문방구요?"

"네. 그런데…… 출소 앞두고는 다른 이야기를 했어요. 자기는 누구를 도와서 아주 중요한 일을 해야 한다고."

"그게 누굽니까?"

"몰라요. 그, 그건 말 안 해줬어요. 근데…… 그 사람 아마 편지 보낸 사람일 거예요."

"편지라면……."

"아저씨한테 편지 자주 왔어요. 두 달 정도 전부터. 그 편지 받고부터 종국 아저씨, 조금 달라졌어요."

"달라졌다는 게 무슨 뜻이죠?"

"혼자서 실실 웃고, 화도 잘 안 내고, 그리고…… 자주 그런 말을 했어요. 자기는 선택받았다고. 원래도 조금 이상하긴 했지만, 그런 말 할 때 종국 아저씨는 진짜 정신이 나간 것처럼 보였어요."

편지…….

그게 정상적인 과정을 거쳐 온 거라면 구치소에 기록이 남아 있을 것이다. 내용까지는 아니더라도 발신인이 누구인지는 알 수 있다. 조민준은 편지를 보낸 이가 공범일 거라고 확신했다.

조민준이 그런 생각과 함께 편지에 관해 어떻게 알아볼지를 고민하던 그때, 서희수가 한마디를 더했다.

"아저씨가 여기서 나가기 전에 제일 마지막으로 했던 말은 그거였어요. 자기는 이제 좋아하는 일을 마음껏 하게 된다고."

조민준이 서울구치소에 도착하기 대략 한 시간 전쯤, 윤민우와 하유리는 도윤호 집에서 아이 부모와 마주 앉아 있었다. 소년의 부모는 몹시 피곤한 표정을 짓고 있었다. 그건 새벽이라는 시간이 주는 피곤함이 아니라 피를 말리며 버티는 자의 고단함에 가까웠다. 적어도 윤민우 눈에는 그렇게 보였다.

"늦은 시간에 방문을 허락해주셔서 감사합니다."

하유리가 말하자 두 사람은 보일 듯 말 듯 고개를 끄덕였다. 먼저 입을 연 건 아버지였다.

"당연하죠. 우리 윤호하고도 관련 있는 일이니."

"걱정 많으시죠? 윤호 학생 상태는 어떤가요?"

하유리의 물음에 이번에는 어머니 쪽이 대답했다.

"며칠째 학교에도 못 가고 있어요. 전학해서 이제 좀 적응하나 했는데…… 다시 전학 가야 할 상황이에요."

"윤호가 많이 괴로워하죠? 심적으로는 안정된 상태인가요?"

윤민우가 물었다.

"네. 지금은 휴대폰도 못 보게 하고 뉴스도 못 보게 하는데 이미 초반에 다 알아버려서……. 한때 친구였던 애들이 그렇게 됐으니 너무 무서워하죠. 이렇게 말씀드리면 자기 자식 편드는 것 같겠지만, 우리 윤호는 그 집에 찾아가서 직접 사과도 했어요. 하민이 장례식에도 자기가 가겠다고 고집을 부려 데리고 갔거든요. 윤호는 진심으로 뉘우치고 있었어요."

어머니가 그렇게 말했다. 도윤호가 그 사건 이후 죄책감에 시달려왔다는 사실은 윤민우 역시 잘 알고 있었다. 분명, 변명하기 바빴던 다른 애들과는 달랐다.

"애가 이번 사건 터지고부터 아예 입을 닫고 말을 안 합니다. 뭔가 감추는 게 있는 것 같은데 도통 입을 열지 않으니……."

아버지는 시름에 잠긴 표정으로 말했다.

"혹시 범인으로부터 협박을 받거나 아니면 윤호 학생이 위험에 처한 적은 없었던 거죠?"

하유리가 질문을 던졌다. 이미 아는 내용이었지만 다시 한번 확인해야 했다. 묻고 또 묻는 게 경찰의 역할이니까.

"없었습니다."

아버지가 말했다.

그때였다. 방문이 벌컥 열리더니 누군가가 거실로 나왔다. 아래위로 맞춰 입은 짱구 잠옷이 아직은 잘 어울릴 나이의 마르고 작은 소년이었다.

"윤호야!"

어머니가 놀란 듯 아들 이름을 불렀다.

"자라고 했잖아. 왜 나왔어?"

아버지가 나무라듯 말했지만 도윤호는 윤민우와 하유리를 보고 입을 열었다.

"저…… 그 아저씨 만났어요."

"뭐? 누굴 만났다고?"

하유리가 재빨리 물었다.

"얘가 무슨 소리를…….'

어머니가 아들을 향해 달려갔다. 당황한 표정이 역력했다.

"잠깐만요. 이야기 한번 들어보죠!"

하유리의 만류에 어머니는 어정쩡한 자세로 서서 남편을 봤다. 아버지도 무슨 말인가를 하고 싶은 눈치였지만 일단은 입을 다물고 있었다. 윤민우는 그 순간을 놓치지 않고 도윤호에게 물었다.

"윤호야, 선생님 기억하지? 무슨 일이 있었는지 자세히 이야기해줄래?"

"집에 오는데 어떤 아저씨가 절 불렀어요. 뉴스에 나온 그 아저씨 맞아요. 얼굴이 같아요."

도윤호가 말했다.

"그 아저씨가 뭐라고 했어?"

이번에는 하유리가 물었다. 소년은 하유리 대신 윤민우를 보며 대답했다.

"저한테 그랬어요. 넌 착하니까 벌을 안 받을 거라고. 잘못했지만 충분히 반성하면 용서받는 거라고. 잘했다고 했어요. 그러면서……."

소년은 말끝을 흐리며 머뭇거렸다. 얼굴이 일그러졌다. 윤민우는 도윤호가 떨고 있다는 걸 눈치챘다.

"그래서 어떻게 됐니?"

윤민우는 최대한 부드럽게 물었다.

"그러면서…… 휴대폰 속 사진을 보여줬어요. 민수였어요. 민수가 손이 잘린 채 죽어 있는 사진이었어요. 그, 그걸 보여주며 아저씨가 말했어요. 얘는 주먹을 함부로 휘둘러서 이렇게 잘라버렸다고."

170

그 말이 끝나기 무섭게 소년의 잠옷 바지가 진하게 물들어 갔다. 오줌이 뚝뚝 흘러내렸다. 도윤호는 자기가 오줌을 싼지도 모르는 것 같았다. 그저 훌쩍이며 말을 이어갈 뿐이었다.

"저는…… 저는 너무 무서워서…… 그 아저씨가 아무한테도 말하면 안 된다고……."

소년은 더 이상 말을 잇지 못했다. 놀란 어머니가 아들 손을 잡고 화장실로 들어갔다. 윤민우는 바닥에 고인 오줌을 보며 씁쓸한 마음을 감출 수 없었다. 아버지가 양손으로 얼굴을 감싸 쥐었다. 그러고는 어깨를 들썩이기 시작했다. 소리 없이 흐느끼던 아버지는 혼잣말처럼 중얼거렸다.

"도대체 왜 이렇게까지 하는 거지……."

"여기 있습니다. 추종국이 받은 편지의 발신자 명단입니다."

교도관은 그렇게 말하며 A4 용지 한 장을 내밀었다. 조민준은 그걸 받아 들며 교도관에게 물었다.

"편지 내용을 기록해두진 않습니까?"

"네, 요즘은 그렇게 안 해요. 재소자 인권 문제다 뭐다 해서. 물론 사전 검열을 하는데 보통 별다른 내용이 없으면 다음부터는 그냥 편지만 건네주는 편입니다. 게다가 추종국은 나름 모범수였거든요."

"알겠습니다."

조민준은 무슨 말인지 이해했다. 편지는 추종국이 모두 가지고 출소했다. 결국 남은 건 누가 편지를 보냈는가 하는 것뿐이었다. 그래도 꽤 도움이 되리라 생각하며 조민준은 종이를 들여다봤다.

추종국이 받은 편지는 열 통이었다. 그 모두가 서희수 말대로 출소 두 달 전부터 오기 시작한 것들이었다. 조민준은 발신자 이름을 확인했다.

박수미.

열 통의 편지 모두 보낸 사람 이름이 '박수미'였다.

"박수미?"

조민준은 믿을 수 없어 그 이름을 되뇌어봤다. 박수미는 김하윤의 어머니였다. 본인 입으로도 자기가 박수미라고 하지 않았던가.

동명이인일까?

그런 생각을 하다가 바로 고개를 저었다. 그럴 리 없었다. 몇 개의 우연이 연속으로 겹치지 않고서는 일어날 수 없는 일이었다. 그렇다면 정말로 김하윤의 어머니가 편지를 보냈다는 말이 된다.

"설마……."

조민준은 자기도 모르게 중얼거렸다. 혼란스러웠다. 머릿속이 뒤죽박죽이었다. 거기에 더해 사고 이후 두통이 가시질 않왔다. 잠까지 부족한 지금은 뇌가 터질 듯 부푼 느낌이었다. 어딘가에 앉아서 잠시라도 눈을 감고 생각을 가다듬을 필요가 있었다.

휴대폰으로 메시지가 날아든 건 바로 그때였다. 조민준은 일단 메시지 확인부터 했다. 특별수사본부 단체 채팅방에 누군가가 영상과 유튜브 링크를 올려놓았다.

— 박수호 가족이 실시간으로 인터뷰하고 있습니다!

조민준은 링크를 클릭했다. 곧 유튜브 앱이 열리며 한 방송국의 실시간 뉴스 채널이 떴다. 제일 먼저 눈에 들어온 건 '단독'과 '속보' 같은 단어였다. 그 뒤로 박수호의 부모가 화면에 잡혔다. 카메라는 둘의 얼굴을 클로즈업했다. 두 사람 다 충혈된 눈에 초췌한 얼굴로 울먹거리고 있었다. 카메라 밖의 누군가가 두 사람에게 질문을 던졌다.

"범인에게 하실 말이 있으시다고요?"

"네, 그래서 인터뷰를 자청했습니다."

박수호의 아버지가 말했다. 목소리가 떨렸다. 그는 더 말을 이어가지 못하고 머뭇거리기만 했다. 그때 어머니가 끼어들었다. 여전히 눈물이 그렁그렁 매달려 있었지만, 눈빛만은 형형했고, 그 눈으로 카메라를 정면으로 노려봤다.

"범인이 이 방송을 볼 거라는 거 압니다. 그러니 말하겠습니다. 우리 수호를 무사히 돌려보내주면 10억을 드리겠습니다.

173

약속합니다. 경찰이 이 거래에 끼어들지 못하게 할 테니 안심하세요. 그리고 이 사건을 다루고 있는 유튜버에게도 제안하겠습니다. 관련 영상 모두 삭제하고, 투표 역시 중지하면 2억을 드리겠습니다. 둘 다 이 제안을 받아들이지 않는다면 반드시 후회하게 될 겁니다!"

거기까지 보고 조민준은 휴대폰을 껐다. 상황이 한층 더 복잡해졌다. 박수호의 부모는 경찰을 믿지 못했고, 결국 돌이킬 수 없는 선택을 하고 말았다. 아니, 그들 입장에서 보자면 어쩔 수 없는 선택이기도 했다. 문제는…… 범인의 반응이었다. 추종국은 모르겠지만 공범은 제안에 응할 것 같지 않았다. 오히려 이 제안이 범인의 분노를 부추길 수도 있다. 다른 변수는 유튜버 이슈킹이었다. 그가 어떤 선택을 할지도 섣불리 예상하기 힘들었다.

"제장."

조민준은 캄캄한 어둠 속에 서 있는 기분이었다. 이렇게 무기력한 적은 처음이었다. 그리고…… 이렇게 화가 난 적도 처음이었다.

주성호는 심장이 너무 벌렁거려 진정하기가 어려웠다. 실시간 방송은 끝났지만 모니터에서 눈을 뗄 수가 없었다. 그는 방송이 종료되었다는 메시지만 멍하니 보고 있었다. 아무리 생각을 가다듬으려 해도 2억이라는 돈이 불쑥불쑥 튀어나왔다.

"씨발. 2억이라고?"

그렇게 중얼거려봐도 현실감은 들지 않았다. 현찰로 2억은 꽤 큰 돈이었다. 아니다. 어마어마하게 많은 돈이었다. 지금까지 두 눈으로 본 적도 없는 액수였고, 어쩌면 앞으로도 영원히 만져볼 수 없는 돈일지 몰랐다. 물론 유튜브 수익금이 그 이상이 될 수도 있다. 하지만 그건 조금 미래의 일이었다. 반면, 2억은 내일이라도 당장 받을 수 있는 돈이었다.

문제는 범인, 추종국이라는 그놈이었다. 영상을 내리고 투표도 막아버린다면 범인이 가만히 있지 않을 것이다. 아니다. 범인도 10억에 혹하려나? 그렇다면 다행이겠지만…… 아무리 생각해도 범인은 돈에 넘어갈 놈이 아니었다. 주성호가 생각하기에는 그랬다. 놈은 진짜 복수, 아니 정의 구현을 원했다. 통화할 때도 몇 번이나 비슷한 소리를 하지 않았던가. 이건 정의를 실현하기 위한 숭고한 일이라고.

"정의는 지랄……."

유튜브를 위해 장단 맞춰준 거지 주성호는 정의고 나발이고 별 관심이 없었다. 물론 영상에 달린 응원의 댓글을 보며 한순간 그런 감정에 취하지 않았다면 그건 거짓말이었다. 진짜로 정의를 위해 큰 역할을 하는 것처럼 느꼈던 때도 있었다. 그런데 2억에 흔들리는 걸 보니 그 모든 게 다 착각이고 허상이었

175

구나, 싶었다.

"아…… 그놈 걱정만 없으면 돈 받아 챙기고 잠수 타면 그만 인데."

주성호는 의자에 앉아 다리를 달달 떨며 고민에 고민을 거듭했다. 추종국은 자기에 대해 다 알고 있었다. 대뜸 전화를 걸어 온 것만 봐도 놈이 얼마나 꼼꼼하고 치밀하게 준비했는지 알 수 있는 대목이었다.

도대체 내 전화번호는 어떻게 안 거지?

아무리 생각해도 이상했다. 전화번호는 '그 사건' 이후 분명히 바뀌었다. 이 번호를 알려준 사람은 몇 명 되지도 않았다. 어디 그뿐인가. 자기가 '이슈킹'이라는 걸 아는 이는 정말로 단한 사람도 없었다. 그런데도 추종국은 모든 걸 알고 접근해 왔다. 어쩌면 집이 어디인지도 이미 다 알고 있는 게 아닐까? 그렇다면 진짜 무서운 일이고 조심해야 할 상황이었다. 무턱대고 2억을 넙죽 받았다가는 추종국이 직접 찾아올지도 모르니까. 그러고서는 정의 구현이라는 이유로 손가락이고 발가락이고 다 자르면 그야말로 큰일이었다. 아니지. 제일 큰일은 거길 잘리는 거겠지. 아무렇게나 놀렸던 거기…….

그럼에도 2억은 너무나 달콤한 꿀이었다. 주성호는 다시 현실로 돌아와 어떻게 하면 2억도 얻고 추종국으로부터도 벗어날 수 있을까를 궁리하기 시작했다.

조민준이 광수대로 복귀했을 때는 이미 먼 하늘에서부터 동이 터오고 있었다. 그래도 워낙에 먹구름이 짙어 사위는 어두웠다. 일기예보에서도 아침부터 세찬 비가 내릴 거라고 떠들었다. 비라니, 달갑지 않은 소식이었다.

회의실에는 윤민우와 하유리가 먼저 와 있었다. 조민준이 들어오는 걸 확인한 하유리가 벌떡 일어났다.

"팀장님! 안 피곤하십니까?"

"알잖아. 피곤할 틈이 없다는 거."

"그래도 이거 한 캔 드시죠."

하유리는 그 말과 함께 에너지 드링크를 내밀었다. 숱하게 마셔왔고 앞으로도 숱하게 마시겠지만, 매번 같은 고민을 할 거라고 조민준은 생각했다. 이걸 많이 마시다 보면 수명이 줄어드는 게 아닐까, 하는 고민.

그럼에도 조민준은 망설이지 않고 캔을 땄다. 그러면서 자리에 앉았다. 각각 어떤 성과를 얻었는지는 운전해 오면서 이미 전화 통화로 공유했다. 시간이 아깝기도 했고, 자칫 졸기라도 할까 봐 일부러 그런 방법을 택했다.

"새로 들어온 소식은 없어?"

조민준은 에너지 드링크를 한 모금 마신 후 물었다.

"없어요. 범인도, 그 유튜버도 아직 아무런 반응을 보이지 않

177

왔고요."

그렇게 말하는 하유리를 향해 조민준은 다시 물었다.

"우리가 알아낸 건 2팀에 공유했어?"

"네. 2팀에서 곧 병원으로 인력을 보낼 거라고 해요. 직접 이야기를 들어봐야겠다고. 그런데요, 팀장님. 아시다시피 하윤이 어머니는 그런 편지 보낼 상황이 아니잖아요."

"그렇지. 아니지."

"그러면 동명이인이거나 누가 하윤이 어머니인 박수미 씨이름을 일부러 사용했다고 생각할 수밖에 없죠."

두 사람이 그런 대화를 나눌 때 윤민우가 조용히 의견을 밝혔다.

"혹시…… 하윤이가 쓴 건 아니겠죠?"

"에이, 설마! 그 어린애가 무슨 이유로…….."

하유리의 말이 떨어지기 무섭게 윤민우가 대답했다.

"나머지 애들도 그런 짓을 벌이리라곤 생각하지 못했죠."

뭔가 더 말하려는 하유리를 향해 조민준이 손을 들어 보였다. 그러고는 입을 열었다.

"솔직히 나도 그런 생각을 안 해본 건 아니야. 적어도 김하윤 군에게는 그럴 만한 동기가 있으니까. 하지만 교수님, 저희가 간과한 게 있었습니다. 편지를 보낸다는 건 이 모든 일을 계획했다는 뜻입니다. 편지에서부터 시작했으니까요. 김하윤 군이 그렇게까지 한다는 건 사실상 불가능하지 않을까요?"

조민준의 물음에 윤민우도 보일 듯 말 듯 고개를 끄덕했다.

"하긴…… 그건 어렵겠죠……."

그때 회의실 문이 벌컥 열렸다. 김주혁이 얼굴을 들이밀었다. 꽤 다급한 표정이었다.

"무슨 일이야?"

조민준이 물었다.

"박수호 쪽에서 움직였어!"

"뭐?"

"혹시 몰라 박수호 집에 애를 붙여놨거든. 거기서 연락이 왔어! 박수호 부모가 지금 막 어딘가로 이동 중이라고."

"범인 아니면 유튜버와 접선하려는 거네요!"

하유리가 말했다. 조민준은 김주혁을 향해 물었다.

"뭘 도와주면 돼?"

"접선 현장으로 가줘! 우리는 추종국이 숨어 있을 만한 창고를 하나 찾았거든. 지금 그쪽을 덮칠 거고 나머진 병원으로 보내서 인력이 없어."

"알았어. 어디로 이동 중인지 알려줘. 지금 당장 움직일게."

조민준이 일어나자 하유리도 바로 따라나섰다.

"같이 가요, 팀장님."

"교수님은 이제 댁으로 가셔서 좀 쉬세요. 고생 많으셨습니다.”

조민준은 윤민우를 향해 말했다.

“그럴게요. 뭔가 다른 게 떠오르거나 범인에게서 연락이 오면 바로 말씀드릴게요.”

윤민우도 그 말과 함께 자리에서 일어났다. 조민준은 차를 향해 달려가며 하유리를 향해 말했다.

“그 유튜브 채널 한번 살펴봐. 이런 것도 찍어서 실시간으로 방송 중일지 모르니까.”

“네.”

하유리가 대답했을 때였다. 희끄무레 밝아오는 하늘이 우르르하고 울었다.

오전 6시 30분, 조민준이 운전하는 차는 박수호 부모의 BMW를 따라잡았다. BMW는 이제 막 차가 몰리기 시작하는 강변북로를 달리고 있었다.

“번호 확인했어? 저 차 확실하지?”

조민준이 물었다.

“네, 맞아요. 검은색 BMW.”

하유리가 대답했다.

BMW는 미행이 붙었다는 건 꿈에도 모르는 듯 느릿느릿 운전하고 있었다. 조민준 역시 속도를 늦춰 간격을 유지했다.

"어느 쪽일까? 범인일까, 이슈킹일까?"

조민준은 혼잣말처럼 중얼거렸다. 그걸 듣고 있던 하유리가 바로 대답했다.

"이슈킹 방송은 잠잠해요. 아직 영상을 내리지도 않았고요."

"투표도 그대로지?"

"네. 그 투표 창 밑에도 댓글이 어마어마하게 달렸어요. 박수호 부모님이 돈 이야기를 꺼낸 후 오히려 여론이 안 좋아진 것 같아요. 투표 현황만 봐도 알 수 있어요."

"하긴, 아들 잘못을 돈으로 해결하려 한다고 생각하겠지."

"그래도 10억과 2억은 정말 큰돈이잖아요. 저라면 충분히 흔들릴 것 같은데요?"

"어느 쪽? 범인, 아니면 유튜버?"

조민준이 물었다.

"글쎄요……. 아무래도 이슈킹 그 사람 아닐까요? 애초에 그런 방송 하는 것 자체가 돈 때문일 테니까요."

조민준도 같은 생각이었다. 이슈킹이 범인과 어떤 식으로 얽혀 있는지는 모르겠지만, 굳이 의리를 지키지는 않을 것 같았다. 그렇게 가정한다면 골치 아파지는 건 경찰이었다. 이슈킹 때문에 여론이 나빠지기는 했지만 그렇게 방송으로 공개한 덕분에 범인이 무슨 짓을 벌이는지는 알 수 있었다.

"현장을 덮쳐서 반드시 잡아야 해."

그게 누구든, 그렇게 해야 사건 해결의 실마리가 풀릴 거라고 조민준은 생각했다.

"그래야죠. 그런데 저 차는 어디로 가는 걸까요?"

하유리가 무심코 한 말에 조민준은 퍼뜩 정신을 차렸다. 그러고 보니 BMW는 차선 한 번 바꾸지 않고 계속 직진 중이었다. 조금 있으면 강변북로도 벗어나게 된다. 순간 싸한 느낌이 들었다.

"젠장. 당했어!"

조민준은 그렇게 외치며 가속페달을 밟아 BMW 옆으로 바짝 붙었다. 그러고는 운전석 창문을 내리고 외쳤다.

"경찰입니다! 차 세우세요!"

BMW는 조민준의 지시를 무시하고 계속 달렸다. 조민준이 경적까지 울렸지만 요지부동이었다. 마치 정해진 속도로 궤도를 달리는 열차처럼 그저 직진만 할 뿐이었다. 조민준은 하유리를 향해 외쳤다.

"꽉 잡아!"

그러고는 차선을 바꿔 BMW 앞으로 끼어든 다음 브레이크를 밟았다.

타이어가 도로를 짓이기는 마찰음이 강변북로에 울려 퍼졌다. 뒤이어 같은 소리가 한 번 더 들렸다. BMW도 멈춰 선 것이다. 두 차는 아슬아슬하게 충돌을 피했다. 조민준은 안전띠를 풀자마자 튕기듯 차에서 내렸다. 하유리도 부랴부랴 뒤따라 내렸다.

BMW 운전석으로 다가간 조민준은 창문을 두드리며 외쳤다.

"창문 내리세요! 경찰입니다."

잠시 후, 운전석 창문이 스르르 내려갔다. 운전대를 잡은 이는 박수호의 아버지였다. 그는 파리한 얼굴로 정면만 보고 있었다. 안경이 흘러내릴 듯했다. 조민준은 남자를 향해 명함을 내밀며 물었다.

"광수대 조민준 팀장입니다. 사모님은 지금 어디 계십니까?"

남자는 대답하지 않았다.

"이렇게 경찰을 따돌리고 행동하시면 아드님만 더 위험합니다! 사모님은 누구와 어디서 만나기로 했습니까?"

조민준이 그렇게 물었을 때였다. 회색빛 하늘에서 빗방울이 떨어져 내리기 시작했다. 한 점 두 점 내리던 비는 어느새 굵은 줄기로 변했다. 박수호의 아버지는 조민준을 향해 천천히 고개를 돌렸다.

"우리 아이, 무사히 데려와주실 수 있습니까?"

남자의 목소리는 바짝 마른 나뭇잎 같았다. 금방이라도 바스러질 듯했다.

"네, 꼭 구하겠습니다. 그러니 협조해주십시오."

조민준이 말했다. 비는 점점 세차게 내렸다. 빗속에 우뚝 선 조민준과 하유리를 향해 남자가 입을 열었다.

"아내는…… 범인을 만나러 가고 있습니다."

같은 시간, 박수호의 어머니 이상화는 10억이 든 가방을 들고 강남역에서 내렸다. 이제 막 출근 전쟁이 시작된 강남역은 인파로 붐볐다. 이상화는 가방을 든 손에 힘을 줬다. 10억이라고 해봐야 5만 원권으로 바꾸면 2만 장, 무게는 가방까지 더해 20킬로그램 정도 됐다. 무겁다면 무겁다고 할 수도 있지만 초임 검사 시절 들고 다니던 서류 가방에 비하면 아무것도 아니었다. 게다가 아들의 목숨과 저울질했을 때는 더욱 무겁게 느껴지지 않았다.

범인으로부터 연락이 온 건 두 시간 전의 일이었다. 인터뷰 때 공개했던 전화번호로 문자 메시지가 날아왔다. 물론 실시간 방송 이후 수많은 전화와 메시지가 온 건 사실이었다. 그중 대부분은 장난이거나 아니면 조롱 섞인 악담이었다. 어설픈 사기꾼도 몇 명 있었다. 그런 걸 가려내는 것쯤이야 일도 아니었다. 그렇게 뜬눈으로 밤을 새우던 중에 문자가 온 것이다.

― 아이가 시금치 카레를 먹고 싶다네요.

시금치 카레는 수호가 제일 좋아하는 음식이었다. 그랬기에 문자를 받았을 때 이놈이구나 싶었다. 이상화는 바로 답장했다.

— 언제, 어디서 만날까요?

— 오전 7시, 강남역 6번 출구 근처 증명사진 부스 안.

— 거기서 만나는 겁니까?

— 그 안에 돈 든 가방을 놓고 가.

— 그러면 우리 수호는요?

— 돈부터 확인하고 돌려보내주겠다.

— 그 말을 어떻게 믿죠?

— 믿지 못하면 거래는 없던 일로 하겠다.

— 알았어요. 갈게요. 가서 거기 놓아둘게요.

— 경찰이 내 뒤를 쫓거나 내가 체포되면 그 순간 아이는 죽는다. 명심해.

- 네.

주고받던 메시지는 거기서 끊겼다. 당연하게도, 경찰에 알릴 생각은 없었다. 애초에 경찰을 믿었다면 공개적으로 이런 제안을 하지도 않았을 테니까. 남편과 이상화가 원하는 건 하나였다. 아들을 찾는 것. 물론 수호를 사랑하는 마음이 제일 크게 차지했다, 그 욕망에는. 하지만…… 현직 검사의 아들이 납치되어 전국에 생중계되는 상황을 이상화는 더는 견딜 수 없었다. 자기 자존심이 허락하지 않는 일이었다. 수십억을 들여서라도 아들을 찾는 당찬 검사 엄마로 보이고 싶었다. 그러니 경

185

찰 도움 같은 건 필요 없었다.

이상화는 범인에게 당하지 않을 자신이 있었다.

일단 경찰은 확실히 따돌렸으니 남은 건 돈을 잘 전달하는 것뿐이었다. 이상화는 6번 출구 쪽으로 향했다. 사람은 점점 많아졌다. 그는 검사 생활을 하며 나쁜 놈 가려내는 데는 이골이 났다고 자부해왔지만, 지금은 아니었다. 다가오거나 멀어지는 모든 사람이 다 범인처럼 보였다.

6번 출구 근처에는 정말로 증명사진 부스가 있었다. 요즘도 누가 이용할까, 싶은 낡은 시설물이었다. 커튼이 길게 내려와 있어 안쪽이 보이지는 않았다. 이상화는 휴대폰으로 시간을 확인했다. 아직 6시 55분이었다. 지금쯤 남편은 경찰을 유인해 달리고 있으리라. 그 작전을 짠 것 역시 이상화 자신이었다. 이런 상황에서 남편은 너무 소심해 믿을 수가 없었다.

그는 증명사진 부스 건너편에 서서 5분간 기다렸다. 별다른 일은 일어나지 않았다. 근처를 서성이는 다른 사람도 없었다. 이상화는 마음을 굳히고 부스를 향해 다가갔다. 그런 뒤 커튼을 조금 열고 그 안으로 가방 든 손을 집어넣었다.

그때였다. 부스 안에서 누군가가 가방을 홱 당겼다. 그러면서 낮은 목소리가 들려왔다.

"아무 소리 내지 말고 가."

"당신이……."

186

이상화는 커튼을 젖혀 범인을 확인하고 싶다는 충동과 싸우다가 이내 포기했다. 자칫 놈의 심기를 건드렸다가 일을 그르칠 수도 있었다. 그는 가방을 놓았다. 그러고는 부스에서 한 발 멀어졌다. 설마 안에서 기다릴 줄은 몰랐다.

이제 어떡하지?

그렇게 망설이고 있을 때 이상화 휴대폰으로 문자가 날아왔다.

— 아무 일 없었던 것처럼 집에 돌아가. 그러면 아이가 와 있을 거다.

이상화는 뭔가 답장을 하려다가 말았다. 어서 이 자리를 뜨는 게 맞을 것 같았다. 다만…… 이상하게 꺼림칙했다. 분명 무언가를 놓친 느낌이었다. 경찰이 발표하기를 범인은 추종국이라는 남성이었다. 그 인간이 어떤 짓을 저질렀는지는 이미 다 알아봤다. 놈은 나이가 많았다. 그런데 증명사진 부스 안에서 들려온 목소리는 젊었다. 젊은 남자였다. 공범이 있을 거라고는 짐작했지만…… 돈을 받는 이 중요한 자리에 추종국이 직접 나오지 않는다고?

그 순간이었다. 저만치서 건장한 남자 두 명이 걸어왔다. 척 보기에도 형사였다. 이상화는 갈등했다. 머릿속으로 수많은 가능성이 펼쳐졌다가 거짓말처럼 사라졌다. 그는 다급하게 문자 메시지를 보냈다.

— 경찰이에요!

그때였다. 증명사진 부스에서 남자가 튀어나왔다. 모자를 쓰고 검은색 마스크까지 낀 남자였다. 손에 돈가방을 꽉 쥐고 있었다.

"야! 거기 서!"

두 형사가 남자를 쫓기 시작했다. 이상화는 잠시 머뭇거리다가 형사 앞으로 뛰어들었다. 그러고는 건장한 두 남자를 막아섰다.

"뭐, 뭡니까?"

형사 중 한 명이 놀라서 외쳤다. 이상화는 도망가는 남자를 향해 목소리를 높였다.

"우리 수호 꼭 돌려줘요!"

그건 이상화 검사의 외침이 아니었다. 박수호 어머니의 외침이었다.

남자는 6번 출구 밖으로 달려 나갔다. 바깥에는 비가 쏟아져 내렸지만 남자는 개의치 않았다. 지금은 도망치는 게 우선이었다. 도망치는 데 성공한다면, 10억을 손에 쥘 수 있다. 주성호는 웃음이 터지려는 걸 간신히 참으며 비 오는 거리를 내달렸다. 생각보다 쉬웠다. 쉬워도 너무 쉬웠다. 시금치 카레 얘기는 범인 추종국이 통화 중 무심코 한 말을 기억하고 있던 것이었다. 설마 했는데…… 통했다!

이대로 잡히지만 않는다면, 계획은 완벽하게 성공한다. 이제 범인은 돈도 가로채고 아이도 돌려주지 않는 세상 가장 나쁜 놈이 될 것이다. 물론 지금도 충분히 나쁜 놈이기는 하지만.

"택시!"

주성호는 마침 지나가던 빈 택시를 잡았다. 이것 역시 운이 좋았다. 비가 퍼붓는 출근 시간에 강남에서 택시 잡기란 하늘의 별 따기일 텐데……. 모든 운이 자기를 향하고 있다고 생각하며 주성호는 얼른 택시에 올랐다.

"어디로 모실까요?"

기사가 물었다.

"최대한 빨리 여길 벗어나서 고속버스터미널로 가주세요!"

거기서 9호선을 탈 생각이었다.

"네."

택시는 출발했다. 폭우에 자동차까지 몰린 강남대로는 빠져나가기 쉽지 않았다. 시간은 흐르는데 몇 미터를 가다가 멈춰 서고, 또 조금 가다가 멈춰 서기를 반복했다. 주성호는 초조했지만 그런 티를 내지 않으려 괜스레 하품만 가짜로 해댔다. 박수호 가족과 연락을 주고받았던 휴대폰은 일찌감치 꺼두었다. 그래야 뒤를 밟히지 않는다는 건 기본이니까. 택시비야 얼마나 나오건 신경 쓸 일이 아니었다. 10억이 생겼는데 그깟 택시비

몇만 원 정도야…….

　이후 계획은 이랬다. 집으로 돌아가 모든 걸 다 정리하고 시골에 있는 본가로 내려간다. 늙은 부모님 비위 맞추며 사는 게 힘들겠지만, 잠잠해질 때까지 버텼다가 다시 서울로 올라오면 된다. 10억이 있으니 그걸로 새롭게 시작하는 것이다. 채널을 다시 파서 또 유튜버로 살아도 되고, 아니면 영상 편집 같은 것만 외주로 받아서 해도 되고, 아무튼 할 수 있는 일은 많았다. 아니, 하지 않아도 될 일이 많아진 거다. 돈이란 그런 힘을 주니까.

　도로는 여전히 시원하게 뚫리지 않았다. 주성호는 초조한 마음을 감추려 해도 그게 잘되지 않았다. 그렇다고 택시 기사에게 자꾸 뭔가를 묻고 싶지도 않았다. 할 수 없이 고개를 돌려 뒤쪽 창문으로 바깥 상황을 살폈다. 쏟아붓는 비, 꽉 막힌 도로, 어두운 하늘……. 풍경은 몇 분 전과 달라진 게 없었다. 하지만 뭔가가 거슬렸다.

　뭐지?

　뭐가 신경 쓰이는 거지?

　주성호는 그 의문에 대한 답을 곧 찾아냈다. 남자 둘이 몇 미터 뒤에서 비를 그대로 맞으며 달려오고 있었다. 그것도 자동차 사이를 지나서.

　"어?"

자기도 모르게 그런 소리가 나왔다.

"왜 그러세요?"

택시 기사가 룸미러로 주성호를 보며 물었다. 그때까지도 주성호는 두 남자에게서 눈을 떼지 않았다. 확실했다. 두 사람은 이 택시를 향해 다가오는 중이었다.

"젠장!"

주성호는 택시 뒷문을 벌컥 열었다.

"손님!"

택시 기사가 외쳤지만 주성호는 신경 쓰지 않고 가방을 든 채 밖으로 뛰쳐나갔다. 차가운 빗줄기가 금세 달려들었다. 그때였다.

"거기!"

남자 한 명이 외쳤다. 주성호는 반사적으로 고개를 돌렸다. 두 사람이 자기를 가리키며 달려오고 있었다.

"씨발."

주성호는 가방을 두 손으로 끌어안은 채 달리기 시작했다. 빽빽하게 선 차들을 지나 사력을 다해 뛰었다. 숨을 몰아쉴 때마다 마스크가 들썩였다. 비가 온몸을 때려댔다. 헉헉. 숨이 찼다. 뒤는 돌아보지 않았다. 두 사람이 계속 쫓아올 건 분명한 사실이었으니까. 가방이 천 근처럼 무겁게 느껴졌다. 신호가 바뀌었는지 차가 조금씩 움직였다. 동시에 여기저기서 경적을 울려댔다. 주성호는 인도로 올라가려고 방향을 틀었다.

그 순간이었다.

뭔가가 주성호를 강타했다. 몸이 붕 떴다. 통증을 느낄 새도 없었다. 그저 바닥으로 떨어지겠구나, 싶었고 그 예상은 현실이 됐다. 주성호는 바로 정신을 잃었다.

오후 1시.

조민준은 화장실에서 토했다. 먹은 게 없는데도 속이 메슥거렸고 머리가 욱신거렸다. 변기에는 하얀 위액만 떨어졌다. 한참을 더 숙이고 있어도 나오는 건 없었다. 등허리가 땀으로 흥건하게 젖었다. 세면대로 가서 찬물을 틀어놓고 얼굴에 끼얹었다. 머리가 조금은 맑아졌다. 그래도 두통은 사라지지 않았다. 누군가가 거대한 프레스를 머리에 씌우고 서서히 돌리는 것만 같았다.

화장실에서 나가자마자 하유리가 다가왔다.

"괜찮으세요? 안색이 너무 안 좋아요."

"진통제 있어? 머리가 아파."

"있어요. 드릴 테니까 회의 전에 잠깐이라도 눈 좀 붙이세요."

회의는 2시에 예정돼 있었다. 익숙한 패턴이었다. 사건 해결의 실마리가 안 보일수록 회의는 잦아진다. 일선 형사 대부분은 그 시간에 발품이라도 파는 게 낫다고 생각하지만, 윗선은 달랐다. 정례 회의, 긴급회의, 대책 회의 등 각종 이름을 붙여 회의하고 또 회의해야 초조함을 더는 게 간부의 습성이었다. 범인이 못 박은 5월 27일까지는 이제 반나절도 채 남지 않았다. 광수대 앞에는 벌써 기자들이 모여 장사진을 이뤘다. 다들 어디서 맞추기라도 한 건지 똑같은 투명 비옷을 입고 옹기종기 모여 있었다. 건물 밖으로는 카메라를 든 유튜버 여럿이 계속 실시간으로 방송하며 대기 중이었다.

조민준은 2층 복도에 서서 창문 아래를 내려다봤다. 모두 세차게 내리는 비에도 아랑곳하지 않고 쇼를 즐기기 위해 몰려든 구경꾼 같았다. 그 구경꾼 사이로 낯익은 얼굴이 보였다. 모여 있는 기자를 가로질러 건물 안으로 들어왔다. 윤민우였다.

"교수님."

계단 위에서 기다리던 조민준은 2층으로 올라오는 윤민우를 불렀다.

"아! 팀장님."

윤민우 역시 피곤해 보이는 얼굴이었다. 조민준은 윤민우도 거의 자지 못했을 거라고 짐작했다.

오전의 그 사건이 벌어진 이후 범인이 새로운 요구를 해 올지도 모른다는 생각에 윤민우를 부를 수밖에 없었다. 현승주도 윤민우의 회의 참석을 허락했다.

"번거롭게 해드려 죄송합니다."

조민준의 말에 윤민우는 고개를 저었다.

"그런 인사는 사건이 잘 해결된 뒤에 듣죠."

"아직 연락은 없죠?"

조민준이 물었다.

"네. 그런데 팀장님은 괜찮으세요? 컨디션이 안 좋아 보이는데……."

"피곤하네요. 마찬가지로, 이 사건 잘 해결되면 푹 쉬려고요."

두 사람은 2층 복도를 가로질렀다. 그때 하유리가 모퉁이를 돌며 달려 나왔다. 조민준과 거의 부딪힐 뻔한 상태로 멈춰 선 하유리는 다급하게 외쳤다.

"그 남자, 누군지 알아냈대요! 다들 빨리 모이래요."

그 남자란 10억을 받아서 도망치다가 오토바이에 치인 사람을 말했다. 추종국의 공범일 수도 있는 유력 용의자였지만 머리를 크게 다쳐 긴급 수술을 받았고 아직 깨어나지 못했다. 그는 신분증도 가지고 있지 않았다. 박수호의 부모와 연락한 휴대폰은 잠금을 풀지 못했다. 지금까지는 그 남자가 누구인지 알 수가 없었다.

다들 예정보다 일찍 회의실에 모였다. 하유리는 조민준에게 진통제 두 알과 생수를 슬쩍 건넸다. 조민준은 그걸 받아 들고 입에 털어 넣었다. 곧 현승주가 회의실로 들어왔다.

"빨리 보고해봐!"

그는 자리에 앉기도 전에 그렇게 외쳤다. 이미 대기 중이던 김주혁이 바로 이야기를 시작했다. 스크린에는 젊은 남자 얼굴이 떠 있었다.

"사고 직후 바로 수술에 들어가서 지문 확보가 늦었습니다. 수술이 끝난 후 바로……."

"됐고! 결론부터 말해. 저놈 누구야?"

현승주가 신경질적으로 말했다.

"네. 이름은 주성호. 강간 미수로 집행유예를 선고받고 신상 공개가 결정된 놈입니다. 현재 거주지는 강남구 개포동의 한 빌라입니다. 지금 저희 팀원이 그곳으로 간 상황이고, 방금 보고받은 대로라면 아무래도 주성호가 이슈킹인 것 같습니다. 집 안에서 방송 장비를 발견했다고 합니다."

"그러면 뭐야, 그 유튜버 새끼가 범인 행세를 하고 10억을 가로채려 했던 거야?"

"지금까지 나온 거로 봐서는 그게 확실하다고 판단합니다. 현재 주성호의 통화 기록 확인 작업에 착수했습니다."

"언론에 새지는 않았지?"

현승주가 물었다.

"네. 박수호 부모 쪽에도 입단속을 철저히 시켰습니다. 거긴

한 번 실패한 이후라 걱정할 필요 없습니다. 대신 이후에 진짜 범인의 연락을 받게 되면 반드시 알려주겠다는 다짐을 받았습니다."

김주혁이 거기까지 말했을 때였다. 윤민우가 조용히 손을 들었다. 모두의 시선이 그에게로 향했다. 윤민우는 침착하게 말했다.

"지금, 범인이 전화를 걸어 왔어요."

당황한 쪽은 오히려 경찰이었다. 다들 허둥지둥하고 있을 때 윤민우는 조민준을 한번 봤다. 그러고는 조민준이 고개를 끄덕하자 자기 휴대폰을 테이블 위에 올려놓았다.

"전화 받겠습니다."

윤민우는 그 말과 함께 통화를 누른 후 스피커 모드로 전환했다. 전부 숨죽인 채 테이블에 붙어 섰다.

"여보세요?"

"나는 돈 같은 건 필요 없어."

추종국 목소리였다.

"그럴 것 같았어."

"하지만 이슈킹은 생각이 다른 모양이야."

"왜 그렇게 생각하지?"

"벌써 몇 시간째 내 연락을 안 받는 걸 보니 알겠더라고."

"이제 어떻게 할 거지? 당신 편은 사라진 것 같은데."

이번에도 마찬가지였다. 추종국은 그 질문에 대답하는 대신 다른 소리를 했다.

"내 단죄를 고작 돈으로 막으려 하다니 화가 나."

그 말에 윤민우가 무언가 대답하려는데 조민준이 손을 들어서 막았다. 그러고는 휴대폰에 대고 직접 물었다.

"그건 추종국 씨 당신 생각인가, 아니면 같이 있는 다른 사람 생각인가?"

"뭐?"

그렇게 되묻는 추종국의 목소리가 살짝 떨렸다.

"나는 추종국 씨 당신이 아니라 당신 뒤에서 이것저것 시키는 사람과 이야기 나누고 싶은데."

"무슨 소릴 하는 거야?"

"왜? 이번에도 내가 끼어드는 건 대본에 없던 건가? 아니면 대본 읽어야 할 타이밍을 놓친 건가?"

"지난번 그놈이군."

"그래! 나는 광수대 팀장 조민준이다. 그러는 당신, 그러니까 추종국 뒤에 숨은 당신은 누구지? 떳떳하게 정체를 밝힐 수 있나?"

도발이었다. 그것도 아주 강력한. 통하기만 한다면 추종국의 공범을 불러낼지도 모른다. 하지만…… 통하지 않을 거라고, 윤민우는 짐작했다. 공범은 추종국을 마음대로 조종할 정도의 인물이었다. 편지를 보내 교도소에서부터 추종국의 정신을 지배한 치밀한 인물. 그렇기에 추종국이라는 남자는 공범의 충실한 개가 되어 움직이는 것이다. 자기에게는 아무런 득도 생기지 않는 일에.

"지금 영상 하나를 보내겠다. 이슈킹 대신 이걸 업로드하라."

공범은 끝내 튀어나오지 않았고, 추종국은 누군가가 적어준게 틀림없는 글을 읽어 내려갔다.

"어디에 업로드하라는 거지? 무슨 영상이야?"

조민준이 물었다.

"박수호 쪽에서 재밌는 제안을 했으니 나도 조금 더 재미있게 놀아볼 거야. 영상은 경찰청 유튜브 공식 채널에 올린다. 앞으로 30분 안에 업로드 안 하면 박수호의 사지가 잘리는 장면이 SNS에 퍼질 것이다."

"잠깐……."

조민준이 더 말할 새도 없이 전화는 끊어졌다. 그리고 곧 휴대폰으로 동영상 파일 하나가 전송됐다.

"다운부터 받으시죠."

윤민우는 조민준의 말에 고개를 끄덕이고는 파일을 눌렀다. 제법 용량이 커서 다운로드에 시간이 걸렸다. 그사이 회의실에는 깊고 진한 침묵이 이어졌다. 누구 하나 먼저 입을 열지 않았다. 어느덧 파일 다운로드가 끝났다.

"됐어요. 누를게요."

그 말과 함께 윤민우는 동영상 파일을 실행했다. 첫 장면이 뜨자마자 조민준과 하유리는 동시에 탄식을 뱉었다.

"아⋯⋯."

어둡지만 선명한 화면 속, 의자에 묶인 아이는 분명 김하윤이었다. 눈을 가리고 있었지만 알아보는 건 어렵지 않았다.

"왜 이러세요? 풀어주세요!"

김하윤은 사방을 두리번거리며 불안한 목소리로 외쳤다. 그 모습 위로 추종국의 목소리가 흘러나왔다.

"왜 이 아이까지 데려왔는지 궁금할 거야. 일단 다음 장면부터 봐."

화면이 옆으로 이동한다 싶더니 이번에는 똑같이 의자에 묶인 박수호가 모습을 드러냈다. 박수호는 김하윤과 달리 축 늘어진 상태였다. 고개도 숙이고 있었다. 소년은 가늘게 숨을 이어갔다. 추종국은 다시 말했다.

"투표 결과는 이미 나왔지. 다수가 단죄를 원하고 있다는 걸 확인했을 거야. 하지만 그냥 단죄하면 너무 재미가 없지 않겠어? 그래서 이 아이를 특별 초대했거든. 단죄당한 놈들이 죽인 그 불쌍한 소년의 동생이야. 자정, 그러니까 5월 27일이 되는 즉시 이 아이가 박수호를 죽이게 할 거다."

　동영상은 거기서 끝났다.

　"어, 어떻게 합니까?"

　누군가가 물었다. 무엇을 의미하는 질문인지 모호했다. 하지만 그것이 모두의 마음이기도 했다. 이번에는 조민준이 김주혁을 향해 물었다.

　"병원에는 누가 다녀온 거야? 그때 뭐 이상한 거 없었어?"

　"제가 다녀왔는데요, 그때는 박수미라는 여자와 대화를 나눌 수 없었습니다."

　형사 한 명이 대답했다.

　"김하윤 군은? 그 아이가 그때 있었나?"

　조민준이 다시 물었다.

　"없었습니다. 꽤 오래 기다렸는데 아이 엄마도 깨지 않고 그 아이도 돌아오지 않아서 그냥 왔거든요."

　형사는 마치 자기가 잘못이라도 한 것처럼 주눅 든 목소리로 대답했다.

　"이걸 당장 유튜브에 올려야 합니다!"

　조민준은 이번에는 현승주를 향해 말했다. 현승주는 바로 반응을 보였다.

　"미쳤어? 그랬다가는……."

"안 그랬다가는 박수호가 지금 당장 죽습니다. 범인은 말이 통하지 않는 놈입니다. 아시지 않습니까?"

조민준이 전에 없이 흥분해 소리치는 걸 보고 현승주는 당황스러워하는 표정을 지었다. 어떤 순간에도 냉정함을 유지하던 이 부하의 돌변에 그는 오히려 정신을 바짝 차렸다.

"조, 좋아. 경찰청 홍보팀과 협력해서 이야기해봐. 나는 청장님 허락을 받을 테니."

현승주의 말에 조민준과 김주혁이 같이 고개를 끄덕이며 대답했다.

"네!"

"알겠습니다."

"잘 들어. 지금 우린 미친 짓을 하는 거야. 이 정도까지 해서 시간을 벌었는데도 이 새끼 못 잡고 얘들 못 구하면…… 어휴!"

현승주는 말을 다 끝내지도 않고 서둘러 회의실을 떠났다.

"팀장님, 하윤이를 구해야 해요! 이런 일에 끌어들이면 안 돼요."

하유리가 조민준에게 다가와 말했다. 하유리 역시도 평소에는 보지 못한 단호한 표정을 지어 보였다.

"김하윤 군이 어디서, 어떤 경로로 납치됐는지부터 조사해야 해. 하 형사가 맡아줘!"

"네!"

하유리는 바로 달려 나갔다. 그걸 보던 조민준이 김주혁에게 말했다.

"김하윤 군 쪽은 우리가 수사할 테니까 추종국 주위를 계속 파줘. 지금은 두 아이가 어디에 잡혀 있는지 그걸 알아내는 게 제일 중요하잖아."

"알았어. 동시에 주성호 쪽도 계속 조사할 테니까 뭐라도 나오면 공유하자고. 아! 그리고 동영상 올릴 테니까 나한테 보내 줘."

김주혁이 말했다.

"그건 지금 제가 전달해드릴게요. 팀장님 번호 좀 주세요."

윤민우가 김주혁을 향해 말했다. 김주혁은 재킷 안주머니를 뒤져 명함을 꺼낸 뒤 바로 내밀었다.

"여기 있습니다."

명함을 받아 든 윤민우가 김주혁에게 동영상을 보내는 사이 조민준이 다시 말했다.

"범인은 장난치고 그 반응을 지켜보는 걸 즐기는 게 틀림없어."

설마 김하윤까지 납치하리라곤 짐작도 하지 못했다. 추종국, 아니 공범은 즉흥적인 것 같으면서도 묘하게 계획적이었다. 그랬기에 다음 행동을 섣불리 예측하기 힘들었다.

"보냈어요."

윤민우가 휴대폰을 들어 보이며 말했다.

"감사합니다."

김주혁은 자기 휴대폰을 확인한 뒤 팀원을 향해 외쳤다.

"자, 움직이자!"

그러자 일제히 회의실 밖으로 나갔다. 결국 회의실에는 조민준과 윤민우 둘만 남았다. 조민준은 윤민우에게로 돌아섰다.

"교수님은 저와 함께 움직이시죠. 괜찮습니까?"

추종국이 언제 다시 연락해 올지 모르는 일이었다. 그 순간에 자기가 같이 있어야 할 것 같았다.

"물론입니다. 함께 움직이시죠."

윤민우는 차분하게 대답했다.

"일단 제 차로 이동해서 잠시 생각 좀 해도 되겠습니까? 교수님께 여쭤볼 것도 있고."

조민준이 말했다.

"좋아요. 저도 머리가 복잡할 땐 가끔 차에서 시간을 보내요."

잠시 후 두 사람은 조민준의 차 운전석과 조수석에 나란히 앉았다. 기자가 몰려들까 봐 뒷문으로 나가 빙 돌아서 주차장까지 달린 탓에 머리며 옷이 젖고 말았다. 그래도 별다른 방해 없이 차에 타는 데는 성공했다.

조민준은 운전석에 오르자마자 머리를 기대고 눈을 감았다. 차체를 때리는 빗소리가 아련하게 들렸다. 이대로 깊이 잠들면 좋겠다는 생각도 잠시, 조민준은 다시 눈을 떴다. 알고 있었다. 이런 때야말로 정신을 차려야 한다는 것을.

"하윤이는 상당히 똑똑한 아이예요. 위기 대처 능력도 분명 뛰어날 겁니다. 그러니 너무 걱정하지 마세요."

윤민우가 조용히 말했다.

"제가 걱정하는 것처럼 보이나요?"

조민준은 진심으로 궁금했다.

"네. 김하윤 학생이 납치된 걸 본 후 눈에 띄게 동요하고 있잖아요. 그건 걱정한다는 뜻이에요."

"저는…… 누군가를 진심으로 걱정해본 적이 없습니다."

무심결에 그런 말이 나오고 말았다. 조민준은 당황했다.

"그러면 지금부터 배워나가면 되겠네요. 다른 사람을 걱정하는 법 말이에요."

윤민우는 그렇게 말한 후 조민준을 향해 서류 몇 장을 내밀었다.

"이게 뭡니까?"

"바닥에 떨어져 있었어요. 언뜻 보니까 김하윤 학생 가족에 관해 적혀 있는 것 같던데요."

"아! 하 형사가 미처 못 챙겼나 봅니다."

조민준은 서류를 받아 들었다. 그 순간이었다. 어떤 숫자가 시야의 끄트머리에 들어왔다. 분명 이 사건과 밀접하게 연관된 숫자였고, 무의식이 그것을 먼저 알아챘다.

뭐지?

서류를 재빨리 훑었다. 그러다가 찾았다.

5월 27일.

분명 그 숫자, 아니 날짜가 적혀 있었다. 그리고 그것은…….

"5월 27일!"

조민준은 자기도 모르게 목소리를 높였다.

"네? 맞아요. 몇 시간 후면 5월 27일이…….

"아뇨! 생일입니다. 김하윤 군의 형, 김하민의 생일이 5월 27일이에요."

조민준의 머릿속에서 퍼즐이 새롭게 맞춰지기 시작했다.

5부. 미성년

"하윤이는 오늘 오전, 병원에서 사라졌습니다. 병실 밖으로 나간 것까지는 CCTV에 찍혔는데 그 뒤 영상은 없어요. 범인이 CCTV가 없는 구역으로 유인해 납치한 것 같습니다."

조민준은 하유리의 보고를 들으며 강남경찰서로 향하고 있었다. 비는 그칠 생각이 없는 듯했다. 와이퍼를 제일 빠르게 설정해도 쏟아지는 빗줄기를 감당하기 어려울 정도였다. 도로 위 차량은 거의 기어가는 수준이었다.

"김하윤 군이 사라진 때를 전후로 병원에 들어왔다가 나간 차량을 확인해봐. 아마 오래 머무르지 않았을 거야. 만약 푸른색 다마스가 있다면 그건 추종국이 거의 확실하잖아."

조민준이 말했다.

"알겠습니다. 그런데 문제가 또 있어요. 하윤이 어머니, 박수미 씨도 사라졌습니다."

하유리가 말했다.

"뭐? 언제? 퇴원한 거야?"

"퇴원은 아닌데 제가 병원에 왔을 땐 이미 침대가 비어 있었어요. 그리고 지금까지 돌아오지 않았고."

"못 움직이는 상태 아니었나? 설마 연기한 거였어?"

조민준의 물음에 하유리가 바로 대답했다.

"박수미 씨 행방도 찾아보겠습니다. 그리고 연락드릴게요."

하유리는 전화를 끊었다. 그러자 기다렸다는 듯 윤민우가 입을 열었다.

"이 사건은 설명 안 되는 게 너무 많아요. 공범은 도대체 어떤 인물일지, 머릿속에 하나도 그려지지 않아요."

"저도 마찬가지입니다. 죽은 김하민 군의 생일에 맞춰 복수를 계획한 건 치밀함을 넘어 광기까지 느끼게 만듭니다. 하지만 중요한 건 이런 짓을 벌일 만한 사람이 없다는 겁니다. 그러니 범인의 윤곽을 잡기 어렵네요."

"그런 생각도 해봤어요."

"어떤 생각이요?"

조민준은 전방을 주시한 채 물었다.

"우리가 전혀 모르는 제3의 인물이 하윤이 주위에 있는 게 아닌가 하는 생각."

"그게 저도 궁금해서 강남서로 향하고 있는 거긴 합니다. 담당 형사라면 뭔가를 더 알고 있지 않을까 해서요. 김하윤 군 아버지가 일찍 돌아가셨다고 듣긴 했는데……."

그 이야기는 강남경찰서의 이주호 형사에게 들었다. 그도 가족관계증명서 같은 걸 확인했겠지만 일차적으로는 김하윤의 증언에 의지했을 확률이 높았다. 만약 아버지가 돌아가신 게 아니라면?

"만약의 경우라는 게 있을 가능성도 완전히 배제할 순 없겠네요."

"흠. 그런 거라면 수사를 아예 처음부터 다시 시작해야 할 수도 있습니다. 당연히 시간은 없고요."

조민준이 그 말을 할 때 마침 번개가 하늘을 갈랐다. 뒤이어 천둥이 대지를 훑고 지나갔다. 묵직하고 불길한 울림이 가슴을 뒤흔들었다.

김하민의 생일까지는, 이제 아홉 시간 남았다.

이주호 형사는 비를 맞으며 주차장까지 달려왔다. 그러고는 조민준의 차 뒷좌석에 오르자마자 변명을 늘어놓았다.

"어휴, 저희도 지금 분위기가 안 좋아요. 제 자리에서 편하게 이야기 나누면 좋은데 죄송합니다."

"아닙니다. 날씨도 궂은데 귀찮게 해드려 죄송합니다."

조민준은 어떤 상황인지 알 것도 같았다. 현재 광수대가 처한 상황이 얼마나 나쁜지 모르는 경찰은 없을 것이다. 외통수도 이런 외통수가 없는데, 거기에 한 발이라도 걸치면 그야말로 같이 나락으로 떨어지리라 판단하는 모양이었다. 그러니 다들 단속시키는 것일 테고.

"말씀해주신 거, 제가 다시 살펴봤는데 서류상으로는 김하윤 집에 아빠가 없는 게 확실합니다. 사망 신고도 되어 있고요."

이주호가 말했다.

"혹시 말입니다, 그 집에 다른 성인 남성이 살고 있지는 않았을까요?"

조민준이 물었다.

"성인 남성이라면…… 엄마의 애인쯤 되거나 아니면 동거남일 텐데 그런 증언이나 기록은 없거든요, 공식적으로는."

"친척이 없다는 것도 확실한 사실이죠?"

"네, 이것도 한 번 더 확인했습니다. 뒤지고 뒤지면야 한두 명쯤 나올지 몰라도 적어도 사촌 이내의 친척은 없습니다. 해외에 나가 있거나 이미 사망한 사람이거나 다 그래요."

"새삼 여쭤봐서 죄송합니다만, 김하윤 군 증언 중에서 특이점이라고 할까, 아무튼 뭔가 의미심장한 말 같은 건 없었을까요?"

조민준의 질문에 이주호는 한참 생각하더니 천천히 대답했다.

"음…… 형의 죽음에 큰 충격을 받은 건 확실했어요. 그런데 뭐라고 할까…… 누가 지금 상황을 해결해줄 것 같은 느낌으로 말하긴 했거든요."

"그 느낌이 뭔지 좀 더 구체적으로 말씀해주실 수 있을까요?"

"제가 물었죠. 다들 촉법소년이라 형사적으로는 처벌할 수가 없다. 민사를 진행할 수는 있는데 어떻게 할 건지 엄마랑 상의해보라고. 그 당시에도 이미 하윤이 어머니는 건강이 너무 안 좋아서 제가 그 어린애한테 그 말을 할 수밖에 없었어요. 그랬더니 하윤이가 그러더군요. 알아서 할 수 있다고."

"알아서 할 수 있다……."

조민준은 그 말을 되뇌어봤다.

"그 말이 뭘까…… 제게는 이렇게 들렸어요. 도움을 줄 사람이 있다는 걸로."

"다른 이야기는 없을까요?"

조민준이 다시 물었다.

"아! 하윤이가 이런 말을 하기는 했네요. 그 애들을 두고 완벽 범죄를 저지른 게 아니냐며, 그렇다면 너무 억울하다고 누군가가 나타나서 복수해주면 좋겠다고."

213

"지금까지로는 그 누군가가 추종국이라는 말인데……."

조민준은 생각을 정리하며 중얼거렸다. 아직 뭐가 뭔지 알 수 없었다. 분명한 건 단 하나, 어린 김하윤의 소망을 들어주려는 일당이 있다는 사실이었다. 그런데…… 그들이 폭주해버렸다. 애초에 그럴 계획이었는지 아니면 중간에 꼬여버린 건지 김하윤까지 납치한 것이다. 그 아이 손에 피가 묻는 일만큼은 막고 싶었다. 그게, 조민준의 진심이었다.

"저는 그만 가봐도 될까요?"

이주호가 물었다. 조민준은 그제야 현실로 돌아왔다.

"아! 하나만 더 여쭙겠습니다. 김하윤 군의 어머니, 박수미 씨와도 대화해보셨죠? 그때 받은 느낌이랄까, 특이점 같은 게 있었다면 말씀 좀 부탁드립니다."

"그분은 사건 발생 초기에 쓰러졌는데 그래도 딱 한 번 경찰서에서 이야기를 나누긴 했습니다. 뭐라고 할까…… 이건 정말 선입견입니다만, 처한 환경이나 허름한 차림새와 달리 법 관련 지식도 상당하고 제가 하는 말의 요지도 잘 알아들으셔서 내심 놀랐던 기억이 있네요."

이주호는 신중하게 단어를 골라가며 말하는 것처럼 보였다. 그래도 뜻은 알 수 있었다. 박수미가 김하윤의 담임에게 했던 말과도 통하는 면이 있었다.

"확인해주셔서 다시 한번 감사합니다."

조민준이 그렇게 말하기를 기다렸다는 듯 이주호는 뒷문을 열었다.

"그러면 전 이만 가보겠습니다. 아무쪼록 잘 해결되면 좋겠는데……."

이주호는 그 말을 남긴 채 다시 빗속으로 달려 나갔다.

"하윤이를 도와줄 성인 남성이 존재했는지 아닌지에 대해선 여전히 의문 부호가 붙네요."

윤민우가 말했다.

"더 알아봐야 하는데 시간이 너무 없습니다."

조민준은 경찰이 된 후 처음으로 초조함을 느꼈다. 강남경찰서에서 나간다고 해도 이후 어디로 가야 할지 갈피를 잡을 수 없었다. 2팀도 마찬가지일 것이다. 그렇다는 건 시간이 흘러 끔찍한 일이 벌어지는 걸 그냥 넋 놓고 지켜봐야만 한다는 뜻이었다.

조민준은 할 말을 잃은 채 비 내리는 바깥만 보고 있었다. 윤민우도 입을 열지 않았다. 침묵을 가로막는 건 차를 때려대는 빗줄기였다. 찰나의 간격으로 들려오는 타닥타닥하는 소리가 마치 앞으로 닥칠 끔찍한 일의 전주곡처럼 들린다고, 조민준은 생각했다.

하유리로부터 전화가 걸려 온 건 바로 그때였다. 휴대폰 진동음이 반갑게 들리는 건 처음이었다. 조민준은 바로 전화를 받았다.

"나야."

"팀장님, 잘 들리세요?"

하유리는 빗소리를 뚫고 이야기하느라 거의 악을 쓰다시피 했다. 아무래도 밖에서 통화하는 모양이었다.

"잘 들려. 무슨 일이야?"

"아! 제가 병원 근처를 샅샅이 뒤지면서 근처 상인이란 상인은 다 붙잡고 물어봤거든요. 탐문을 했다고요!"

"그래. 탐문. 그래서 뭘 알아냈어?"

그사이에 비는 더 세차게 쏟아졌고, 이제는 하유리의 목소리가 뚝뚝 끊겨서 들렸다.

"약국 직원이요…… 봤대요!"

"봤다고?"

"네. 하윤이 또래로 보이는 애가 택시 타는 걸 봤대요!"

하유리가 외쳤다.

"택시? 혼자서 탔단 말이야?"

"그런 거 같대요. 그러니까요, 하윤이는 납치된 게 아닐 수도 있어요!"

"잠깐만! 그러면 스스로 이동했다는 거잖아?"

조민준이 중얼거렸다.

"뭐라고요? 잘 안 들려요!"

"아니야! 김하윤 군을 태운 택시를 찾을 수 있겠어?"

이제는 조민준의 목소리가 커졌다.

"지금 그거 하고 있는데 힘들 것 같아요. 비가 너무 많이 쏟아져서…… 택시도 잘 안 보여요."

"알았어. 그러면 거기 있어. 내가 태우러……."

"……가보려고요!"

이번에는 앞부분이 전혀 들리지 않았다. 마침 천둥이 쳤기 때문이다.

"뭐?"

"하윤이요, 하윤이! 하윤이 집에 가보려고 해요."

"왜?"

"하윤이가 집에 뭔가를 가지러 갔다가 납치된 건지도 모르잖아요. 게다가 하윤이 어머니 역시 그 몸으로 갈 만한 데가 집 말고는 없어요. 근데 걱정되는 게 하윤이 어머니, 돈도 하나 없는 상태로 맨몸으로 나간 것 같아요."

"아!"

하유리의 그 말을 듣는 순간 조민준의 머릿속으로 퍼뜩 뭔가가 스치고 지나갔다. 동영상 속 김하윤은 흰색 반소매 티셔츠에 청바지를 입은 채 입자에 묶여 있었다. 병원에서 봤을 때는 분명 검은색 티셔츠였다. 그렇다면 하유리의 생각이 맞을지도 모를 일이었다. 옷이라도 갈아입으려고 집에 갔는데 거기서

217

누군가와 맞닥뜨린 것이다. 그렇다면 그 집에 가볼 필요가 있었다. 거기에 더해 박수미의 행방 역시 찾아야 했다.

"알았어! 나도 여기서 김하윤 군 집으로 갈 테니까 거기서 보자고!"

"네! 개포동 우리빌라에서 봐요!"

하유리는 그렇게 외치고 전화를 끊었다.

조민준의 차가 강남경찰서 주차장을 막 빠져나가려 할 때였다. 이번에는 김주혁으로부터 전화가 왔다. 조민준은 일단 차를 세우고 전화부터 받았다.

"나야."

"지금 어디야?"

김주혁이 물었다. 목소리가 가라앉아 있었다.

"강남서. 무슨 일 있어?"

"그 유튜버가 죽었어, 결국."

"이런……."

주성호의 죽음 자체는 안타까운 일이지만, 경찰이 처한 지금 상황에서는 악재가 겹친 셈이 된다. 주요 증인이 사라졌다는 사실 말고도 무리한 수사니, 뒤를 쫓던 경찰의 과실이니 하는 민감한 주제가 튀어나올 게 뻔했다. 언론에서 냄새를 맡는 건 시간문제였다. 아니, 오히려 먼저 발표하는 게 나을 수도 있다.

"지금 보도 자료 준비 중인데 머리가 아프다."

김주혁이 한숨을 쉬며 말했다.

"주성호 집에서 뭐 좀 나온 건 없어?"

"압수한 컴퓨터는 잠긴 암호를 풀려고 전문가가 달라붙어 있고, 통신 기록을 조사했더니 죄다 '발신번호표시제한'으로 걸려 온 전화더라고."

한마디로, 수확이 없다는 뜻이었다. 조민준은 다시 물었다.

"주성호가 이슈킹인 건 확실하겠지? 추종국의 공범이 아니라."

"그건 맞아. 방송 장비가 나온 건 둘째 치고, 영상 속 배경과 주성호 집 안방 풍경이 똑같아. 게다가 통신 기록에서 박수호 부모에게 메시지를 보낸 게 나왔어."

"내가 고민하는 건 주성호가 이슈킹이자 공범일 수도 있지 않을까 하는 거야."

조민준은 내내 고민하던 걸 이야기했다. 그러자 바로 답이 돌아왔다.

"나도 그 생각을 안 해본 건 아닌데, 주위 증언에 의하면 주성호는 거의 집 밖으로 나오지도 않았어. 집 안 상태만 봐도 알겠더라고. 아마 성범죄자 알림 고지가 뿌려져서 꽤 위축된 채로 살아왔을 거야."

"성범죄자 알림 고지?"

"응. 주성호가 살던 개포동 일대에는 다 뿌려졌을걸. 이슈킹 채널에서 다룬 첫 영상도 그거 관련해서야. 자기 일이라는 건 쏙 빼고 이런 알림이 또 다른 가해가 될 수도 있다는 개소리를 해놓았더라고. 물론 그건 조회수가 별로 나오지도 않았지만."

"잠깐! 주성호 집이 개포동에 있는 빌라라고 했지? 혹시 거기 이름이 어떻게 돼?"

조민준은 그렇게 물으며 윤민우에게는 눈짓을 보냈다. 윤민우는 용케 알아듣고 자기 휴대폰을 꺼내 지도 앱을 켰다.

"빌라 이름? 보자…… 화목빌라. 맞아. 화목빌라야. 그런데 왜?"

"화목빌라……."

윤민우는 그 이름을 듣자마자 앱에다가 화목빌라를 검색했다. 그러고는 잠시 후 외쳤다.

"하윤이가 사는 곳과 불과 10미터도 떨어지지 않은 곳이에요!"

조민준은 윤민우를 향해 고개를 끄덕여 보인 후 말했다.

"김 팀장, 김하윤 군과 주성호는 같은 동네, 그것도 10미터 사이의 다른 빌라에서 살았어. 이게 과연 우연일까?"

"뭐? 그렇다면……."

김주혁도 머리를 굴리고 있는 것 같았다. 조민준은 재빨리 말했다.

"내가 지금 김하윤 군 집으로 가고 있어. 간 김에 둘 사이에 접점은 없었는지 한번 볼게."

"알았어. 참! 난 지금 추종국과 관련해서 제보할 게 있다는 사람을 만나러 가."

"제보? 무슨 내용인데?"

"몰라. 만나서 이야기하겠다는데 정보 얻으면 바로 공유하지."

"알았어."

조민준은 전화를 끊고 윤민우를 봤다. 어떻게 생각하느냐고 묻는 눈빛을 하고서.

"하윤이 집과 주성호 집이 이 정도로 가깝다는 건 하윤이 집에 살던 사람도 주성호의 존재를 인지하고 있었다는 뜻이 되죠. 그 성범죄자 알림 고지를 받았을 테니까요."

윤민우의 말에 조민준은 고개를 끄덕였다.

"맞습니다. 두 집이 근처에 자리한 건 우연일 수 있어도 이후 벌어진 일은 계획적일 수도 있겠죠. 그러니까, 주성호를 끌어들인 것 말입니다."

"그걸 누가 했는지 알아내야겠네요."

"아! 혹시 이슈킹 채널에 처음 올라왔다는 그 동영상 좀 보여주실 수 있을까요? 전 운전하면서 음성만 듣겠습니다."

조민준이 말했다.

"네. 잠깐만요."

윤민우는 유튜브 앱을 실행했다.

안녕하십니까?

처음 인사드립니다. 저는 이슈킹 TV의 이슈킹입니다.

앞으로 저는 여러분이 좋아할 만한 흥미진진하고 자극적인 이슈를 가지고 찾아오겠습니다. 그러니 '구독'과 '좋아요', 꼭 부탁드립니다.

처음 들려드릴 이야기는 음…… '성범죄자 알림' 이거 관련해서인데요, 혹시 이것 때문에 자살한 사건 기억하십니까? 이게요, 문제가 참 많은 제도입니다. 성범죄 나쁘다 이거예요. 네, 맞습니다. 하지만 이미 처벌받은 사람을 다시 처벌한다는 게 말이 됩니까? 네?

이건 제 이야기가 아닙니다만, 제가 사는 동네 개포동에도 그런 사람이 한 명 있거든요. 제가 그 사람과 이야기를 나눠봤는데, 밖에 나가질 못하고 일자리도 못 구해서 아주 죽겠다고 하더군요. 이게 말이 됩니까?

저는 성범죄자 알림 고지 같은 건 없어져야 한다고 봅니다!

하유리는 택시에서 내리자마자 우리빌라 안으로 달려 들어갔다. 조민준과 통화를 끝낸 뒤 다행히도 바로 택시를 잡을 수 있었다. 병원에서 김하윤의 집까지는 거리가 얼마 되지 않았다. 그 덕분에 생각보다 일찍 도착했다. 그는 택시에서 조민준에게 전화했지만 통화 중이라는 알림만 나왔다.

"어휴, 날씨는 왜 이래?"

머리와 어깨에 묻은 비를 털어내며 하유리는 툴툴거렸다. 택시에서 내려 빌라까지 오는 그 찰나의 순간에도 흠뻑 젖을 정도로 비가 많이 내렸다. 대충 물기를 털어낸 하유리는 주위를 살폈다. 조민준은 아직 도착한 것 같지 않았다. 다시 전화해볼까, 아니면 기다릴까를 고민하던 그는 그냥 움직이기로 마음먹었다. 궁금한 건 못 참는 성격이었다. 김하윤이 집에서 납치당한 거라면, 분명히 흔적이 남았을 것이다. 그걸 찾아내면 의외로 사건은 쉽게 풀릴지도 모른다.

문제는…… 아무도 없을 게 뻔한 집에 어떻게 들어가느냐 하는 것이었다. 길고 긴 계단을 내려가 지하에 다다랐을 때도 그 고민은 해결되지 않았다. 하유리는 낯익은 문 앞에 서서 잠시 고민했다. 괜히 문손잡이를 돌려봤지만 열리지는 않았다.

그때였다.

문 너머에서 어떤 소리가 들렸다. 아니다. 그건 소리라기보다는 기척에 가까웠다. 마치 누군가가 안쪽에서 문에다가 귀를 대고 가만히 숨을 참고 있는 것 같았다. 하유리는 혹시 하는 마음에 들고 있던 휴대폰으로 김하윤에게 전화를 걸었다.

지이잉.

이번에는 분명했다. 휴대폰 진동음이 집 안에서 들렸다. 하유리는 다급한 마음에 문을 두드리며 외쳤다.

"하윤아! 김하윤! 안에 있니?"

그 순간 딸깍, 하며 자물쇠 돌아가는 소리가 났다.

"아······."

하유리는 반사적으로 한발 물러났다. 그때였다. 문이 벌컥 열리며 뭔가가 튀어나오는가 싶더니 까만 물체가 하유리의 몸에 닿았다. 피하려고 했지만 늦었다. 전기충격기는 이미 작동했고, 하유리는 속절없이 몸을 부르르 떨었다.

조민준은 우리빌라 앞에 차를 세웠다. 그러고는 휴대폰을 확인했다. 하유리로부터 전화가 와 있었다. 통화를 눌렀지만 이번에는 하유리가 전화를 받지 않았다.

"하 형사와 연락이 안 되네요. 일단 내리시죠."

그렇게 말하며 조민준은 먼저 밖으로 나갔다. 굵은 빗줄기가 기다렸다는 듯 달려들었다. 손차양을 만든 채로 성큼성큼 움직이던 조민준의 눈에 뭔가가 들어왔다. 그는 빌라로 들어가는 대신 건물 옆 주차 공간으로 향했다. 몇 대의 낡은 차 중에 푸른색 다마스가 서 있었다. 그걸 본 순간 정신이 번쩍 들었다.

"무슨 일이에요?"

뒤쪽에서 윤민우가 물었다.

"잠깐만요!"

조민준은 그렇게 대답한 후 다마스를 향해 다가갔다. 이미 온몸이 흠뻑 젖었지만 그걸 신경 쓸 때가 아니었다. 다마스 문은 잠겨 있었다. 그래도 조수석 창문으로 안을 들여다볼 수는 있었다. 이런저런 물건이 잔뜩 놓인 어지럽고 지저분한 차 안 풍경은 다마스 주인의 내면과 같아 보였다.

확인을 마친 조민준은 빌라로 뛰어 들어갔다. 윤민우가 물었다.

"혹시 저 차가?"

"맞습니다. 추종국의 다마스가 확실해 보입니다. 지원 요청을 해야겠습니다."

조민준은 휴대폰을 꺼내 김주혁에게 전화했다. 김주혁은 신호음이 몇 번 떨어지지 않았는데도 바로 전화를 받았다.

"안 그래도 연락하려 했었어."

김주혁이 말했다.

"일단 내 말부터 들어. 추종국이 김하윤 군 집에 있어. 놈의 푸른색 다마스가 세워져 있는 걸 확인했어. 지원이 필요해."

조민준은 그렇게 말하며 지하로 내려갔다. 윤민우도 뒤를 따랐다. 지하는 처음 왔을 때보다 훨씬 더 어둡게 느껴졌다. 게다가 기분 나쁜 습기가 온몸에 달라붙었다. 이미 젖었지만 끈적

225

끈적하고 서늘한 습기는 비와는 또 다른 문제였다.

"그러면 추종국이 자기 집에서 도망쳐 결국 그 집으로 갔다는 소리잖아? 그렇지?"

김주혁이 물었다.

"맞아. 우리가 그걸 생각 못 했어. 추종국에게는, 그리고 공범에게도 이 집이 익숙한 공간이었을 텐데⋯⋯."

"그런데 추종국 말이야⋯⋯ 문제가 좀 있어."

"무슨 문제?"

조민준이 그 질문을 던졌을 때는 이미 계단을 다 내려와 지하에 들어선 순간이었다. 윤민우가 자기 휴대폰 조명으로 어둠을 밝혀 겨우 주위가 보였다.

"제보자가 의사였어. 방금 이야기 듣고 나왔는데, 추종국 췌장암 말기래. 길어야 3개월밖에 못 산다는군. 그게 이미 두 달 전 진단이었으니 이제는 거의 끝이라고 보면 될 거라는 게 의사 의견이었어."

"그런 인간이 왜 이런 짓을⋯⋯."

거기까지 말하다가 조민준은 멈칫했다. '지하 1'이라고 적힌 문 앞에 낯익은 휴대폰이 떨어져 있었다.

"모르지. 하지만⋯⋯."

"잠깐만. 지원 빨리 보내줘! 하 형사가 집 안에 있는 것 같아."

조민준이 빠르게 말했다.

"뭐?"

"일단 내가 진입할게."

그 말을 끝으로 조민준은 전화를 끊었다. 그러고는 허리춤에서 권총을 빼 들었다. 그 모습을 보고 있던 윤민우가 속삭이듯 말했다.

"문…… 안 닫혀 있어요."

그 말 그대로였다. 자세히 보니 문은 아주 조금 열려 있었다. 마치 포식자가 먹잇감을 유인하기 위해 눈을 게슴츠레 뜨고서 감시하는 것 같았다. 위험하다. 그런 예감이 조민준을 깊숙이 찔렀다. 그럼에도 들어가지 않을 수 없었다.

"저 혼자 들어갑니다."

조민준은 윤민우에게 그 말을 남긴 뒤 문손잡이를 잡았다.

잠시 호흡을 가다듬었다.

긴장감이 등허리를 타고 흘렀다.

권총을 쥔 손에 힘을 주고서 문을 홱 열어젖혔다. 그러고는 집 안으로 뛰어 들어갔다.

"움직이지 마! 경찰이다!"

그렇게 외치면서.

이미 한 번 와봤고, 좁은 공간이었지만 상황이 한눈에 들어

227

오지 않았다. 어두컴컴한 탓도 있었지만 정면에 보이는 광경이 조민준의 시선을 통째로 빼앗았다.

현관에서 마주 보이는 위치에 의자가 놓였고 그 위에는 하유리가 묶인 채 앉아 있었다. 하유리 뒤편에 선 남자는 바로 추종국이었다. 그가 예리한 칼을 하유리 목에 겨눈 채 정면을 노려봤다.

"팀장님……."

하유리는 어눌한 발음으로 조민준을 불렀다.

"추종국. 그만 포기하고 순순히 앞으로 나와."

조민준은 추종국을 향해 총을 겨눈 채 외쳤다. 그때였다.

"형사 아저씨!"

귀에 익은 목소리에 조민준은 자연스레 고개를 돌렸다. 그제야 똑같이 의자에 묶인 두 아이가 보였다. 한 명은 박수호였고, 한 명은 김하윤이었다. 박수호는 거의 고개도 들지 못하는 상태였다.

"잠시 기다려. 내가 구해줄게."

김하윤을 향해 그렇게 말한 후 조민준은 다시 추종국을 봤다. 그러고 보니 추종국은 사진 속 모습보다 훨씬 더 작고 초라하며 병색 또한 완연했다. 김주혁의 말이 맞았다. 놈의 생명은 그 불꽃이 거의 꺼져가고 있었다.

"오, 올 줄 알았어."

추종국이 더듬거리며 말했다. 그는 이 상황을 즐기는 것 같았다. 조민준은 흥분을 가라앉히고 차분하게 주위를 둘러봤다. 네모난 거실의 오른쪽 구석에는 삼각대가 서 있었다. 그 위에 놓인 휴대폰은 지금 상황을 모두 찍고 있는 듯했다.

"혼자인가?"

추종국을 향해 물었지만 대답하지 않았다. 조민준은 권총을 겨눈 채 거실로 올라서서 방을 슬쩍 들여다봤다. 아무도 없었다.

공범은 벌써 이곳을 뜬 건가?

아니면 다른 데서 뭔가 수작을 부리고 있는 건가?

찰나의 순간, 여러 생각이 머릿속을 스치고 지나갔다. 그러자 퍼뜩 윤민우가 위험할지도 모른다는 예감이 들었다.

"교수님! 일단 들어오세요."

조민준의 말이 떨어지기가 무섭게 윤민우가 안으로 들어왔다. 그러더니 외마디 탄식을 뱉었다.

"아!"

조민준이 그런 윤민우를 향해 말했다.

"두 아이 상태 한번 봐주시겠어요?"

그때였다. 추종국이 소리쳤다.

"둘 다 움직이지 마! 움직였다간 바로 찌를 거야."

"도대체 누굴 도와서 이런 짓을 벌인 거지? 뭘 얻으려는 거야?"

조민준이 물었다. 그러자 추종국은 쿡쿡거리며 웃음을 터트렸다.

"나는 태어나서 처음으로 착한 일을 하는 거야. 크크. 댓글 달린 거 봤지? 내가 멋지다고, 내가 잘한다고 다들 말해주잖아!"

"착각하지 마! 넌 지금 완전히 정신을 지배당한 거야. 말해! 누가 공범인지. 누가 너한테 이 일을 시킨 건지!"

추종국은 다시 웃다가 아예 기침까지 터트렸다. 그래도 하유리의 목에 들이댄 칼은 흔들리지 않았다. 한참 기침하던 추종국은 주머니에서 뭔가를 꺼냈다. 조민준은 그걸 보고 움찔했다.

"허튼짓하지 마!"

조민준의 외침에도 추종국은 아랑곳하지 않고 그걸 하유리 손에 쥐어주었다. 그건 꼬깃꼬깃 접은 종이였다.

"이 질문에 제대로 대답하면 모든 걸 알게 될 거야."

추종국은 그렇게 말한 후 하유리를 툭 쳤다. 종이를 펼치라는 뜻이었다. 조민준은 하유리를 향해 고개를 끄덕여 보였다. 하유리는 아랫입술을 한 번 깨물더니 접힌 종이를 펼쳤다.

"읽어!"

추종국이 말했다. 하유리는 종이를 들여다보다가 이내 읽어 내려갔다.

"지금부터 내가 하는 질문에 제대로 대답해봐. 하나. 죄를 지었는데도 벌을 받지 않아도 된다고 생각하나?"

조민준은 정면을 노려보며 생각에 잠겼다. 말려들면 안 된다. 추종국, 아니 공범은 곤란한 질문을 던져 주위를 분산시키려 하는 것이다. 그렇다고 대답 안 하고 마냥 버틸 수는 없었다. 적어도 지원이 올 때까지 시간은 벌어야 했다.

"죄를 지으면 벌을 받아야지. 하지만 어디까지나 법의 테두리 안에서 모든 게 이루어져야 해."

조민준은 신중하게 대답했다.

"호호. 그렇단 말이지? 알았어. 또 읽어!"

추종국이 말했다. 하유리는 다시 입을 열었다.

"둘. 촉법소년이라는 변명으로 잘못을 저질러도 된다고 생각하나? 어릴수록 더 엄하게 처벌해야 하는 거 아닌가?"

조민준은 대답하기 전 자기의 어린 날을 떠올렸다. 친구를 죽이려 했던 그때, 만약 용서받지 못했다면 지금의 조민준은 없었다. 어쩌면 이후 더 심각한 범죄를 저질렀을지도 모른다. 형법 제9조가 한 아이의 미래를 구한 셈이었다.

"물론 처벌도 중요하지. 하지만 용서를 통해 갱생의 기회를 주는 것도 역시 중요해! 형사미성년은 정신적으로 성숙하지 않았어. 자기가 뭘 잘못했는지조차 인식하지 못한다는 뜻이야.

그런 애들은 처벌해봐야 오히려 역효과가 날 뿐이야. 그래서 촉법소년은 필요한 거야!"

조민준이 그렇게 외쳤을 때였다. 내내 고개를 숙이고 있던 박수호가 쿨럭, 기침을 한 번 하더니 몸을 들썩거렸다. 처음에는 우는 건가 싶었지만 그게 아니었다. 소년은 웃고 있었다.

"흐흐흐."

"수호 학생, 괜찮아?"

윤민우가 물었다.

"안 괜찮아요! 아파죽겠다고!"

박수호는 소리 지르며 고개를 들었다. 그러고는 말을 이었다.

"하지만 경찰 아저씨 말을 들으니까 좀 기분이 나아졌어요. 흐흐흐. 난 내가 뭘 잘못했는지 모른다고. 그러니까 벌을 줘봐야 의미 없다니까. 흐흐흐."

"조용히 해!"

조민준은 박수호를 향해 외쳤다. 쓸데없이 추종국을 자극할 필요가 없었다. 공범 역시도. 여기에는 없지만 휴대폰을 통해 다 보고, 또 듣고 있는 게 아닌가 하고 조민준은 짐작했다. 그렇다면 놈이 언제 개입할지 모른다. 제발 그 전에 이 상황을 정리해야 한다.

"건방진 꼬마 새끼. 경찰이 왔으니까 끝난 것 같지? 아, 아니야. 크크."

추종국은 그렇게 말하며 또 하유리를 건드렸다. 하유리는 질문을 이어갔다.

"셋. 아무리 용서해도 뉘우칠 줄 모른다면 누군가는 그 아이를 단죄해야 하지 않을까?"

"그건……."

조민준은 쉽게 대답하지 못했다. 이것이야말로 형법 제9조를 둘러싼 가장 예민한 문제였다. 형사미성년을 정한 이유에는 그들이 죄를 인식하고 뉘우치며 결국에는 같은 짓을 반복하지 않는다는 전제가 깔려 있었다. 하지만…… 현실은 그렇지 않았다. 그것이 늘 논란을 만들었다.

"그건 각자의 양심에 맡겨야 합니다! 법이 뉘우치게 만들지 못한다고 해서 쓸모가 없는 게 아니에요! 법이 못 한다고 해서, 사적 제재를 가한다면 그건 또 다른 법을 어기는 결과를 가져옵니다. 그걸 잊으면 안 돼요!"

조민준을 대신해서 윤민우가 외쳤다. 추종국은 고개를 갸우뚱했다. 그러고는 말했다.

"나는 뉘우치지 않았거든. 흐흐. 그래도 벌을 다 받고 나왔으니 괜찮은 건가? 응? 나는 머리가 나빠서 잘 이해하지 못하겠거든. 그래서 난 시키는 대로 할 뿐이야."

"누가 시켰지? 그걸 말해!"

조민준이 물었다. 추종국은 넘어오지 않았다. 대신에 하유리를 향해 말했다.

"자, 다음 질문을 해."

"이게 마지막 질문이에요."

하유리가 질문을 읽기 전 이야기했다. 그의 눈이 빛나고 있었다. 조민준은 그걸 눈치챘다.

뭔가 일을 벌이려 한다!

하지만 너무 위험했다. 추종국은 금방이라도 쓰러질 듯 보이면서도 칼만은 정확하게 하유리의 목을 겨누고 있었다. 하유리 뒤에 서 있어서 총을 발사하기에도 마땅치 않았다. 그래도 뭔가 해야 한다는 데는 조민준도 동의했다. 그래서 하유리를 향해 말했다.

"마지막 질문…… 어서 해."

그 순간이었다.

하유리가 고개를 돌려 추종국의 칼 든 손을 깨물었다.

"악!"

추종국이 비명을 질렀다. 하유리는 그때를 놓치지 않고 의자째 옆으로 넘어졌다. 순간 추종국이 사격 범위 안에 들어왔다. 조민준은 방아쇠를 당기는 대신 추종국을 향해 달려들었다.

"조심해요!"

윤민우가 소리쳤다.

"씨발!"

추종국이 칼을 휘둘렀지만, 조민준은 한발 빠르게 움직였다. 옆으로 몸을 틀어 칼을 피한 뒤 추종국의 가슴팍을 걷어찼다. 그는 요란한 소리를 내며 싱크대 쪽으로 넘어졌다. 그래도 칼은 꽉 쥐고 있었다. 조민준은 칼 든 손을 발로 꽉 눌렀다.

"으악!"

비명과 함께 추종국이 몸을 비틀었다. 조민준은 작고 깡마른 사내를 금세 제압했다. 그러면서 외쳤다.

"교수님! 하 형사부터 풀어주세요."

"알았어요."

윤민우가 하유리를 향해 달려갔다. 그걸 지켜보던 박수호가 신난다는 듯 폭소를 터트렸다.

"하하하! 우리가 이겼어! 착한 편이 이겼다고!"

조민준은 추종국이 쥔 칼을 뺏어서 저만치 던져버렸다. 그러고는 재킷 안주머니에서 수갑을 꺼내 양쪽 손에 채웠다. 추종국은 막상 제압당하자 별다른 반항을 하지 않았다. 다만 미친듯이 기침하며 웃을 뿐이었다.

"크크크. 이게 끝이 아니야. 크크크."

"풀었어요!"

윤민우가 외쳤다. 하유리는 일어나긴 했지만 몸을 제대로 가누지 못했다. 윤민우가 그런 하유리를 부축했다. 조민준이 다시 말했다.

"두 아이를 풀어줘야 합니다! 공범이 언제 올지……."

그는 말을 잇지 못했다. 마치 감전이라도 된 듯 추종국을 제압한 그 자세 그대로 딱 굳었다. 윤민우와 하유리 역시 꼼짝 못하기는 마찬가지였다. 유일하게 움직인 사람은…… 김하윤이었다.

"마지막 질문이 뭐였는지 알아요?"

김하윤은 어느새 의자에서 일어나 있었다. 줄은 풀린 상태였고, 그 소년은 칼을 쥐고 있었다.

"하, 하윤아!"

하유리가 외쳤다. 하지만 김하윤은 대답 대신 자기가 하고 싶은 일을, 아니 해야만 하는 일을, 오래 계획한 그 일을 수행했다.

박수호의 목에 칼을 찔러넣은 것이다.

"컥!"

칼에 찔린 박수호는 숨을 몰아쉬며 고통스러워했다. 김하윤이 해맑게 웃으며 말했다.

"마지막 질문은 이거였어요. 그렇다면, 희생자 가족의 복수는 누가 해주죠?"

덜덜 떨던 박수호는 울컥 피를 쏟아내며 고개를 푹 떨궜다. 김하윤은 바닥에 칼을 내려놓았다. 그러면서 말했다.

"형법 제9조. 14세 되지 아니한 자의 행위는 벌하지 아니한다."

멀리서 경찰차 사이렌이 들렸다. 조민준은 천천히 일어났다. 추종국이 쿨럭거리며 계속 웃었다.

"크크크."

"네, 네가 혹시……."

조민준은 김하윤을 똑바로 바라봤다. 소년은 웃고 있었다. 태연히. 동시에 고개를 끄덕였다.

"저는 형사미성년이라 처벌받지 않죠. 추종국 아저씨는 시한부라 벌을 받지 않을 거예요. 이게 바로 완벽 범죄 아닐까요? 그렇죠?"

아무도 대답하지 못했다.

그리고…… 아무도 소년의 말에 반박하지 못했다.

말 그대로 완벽 범죄였다.

범인은 있으나 처벌할 수 없는…….

5월 27일

당시에는 몰랐다. 그 집 안에서의 모든 상황이 생중계되고 있었다는 것을. 삼각대 위에 올라가 있던 휴대폰은 생중계용이었다. 김하윤은 이미 '이슈킹 TV' 채널의 계정을 해킹한 상태였고, 거길 통해 유튜브 라이브 방송을 진행했다. 학교에서 받은 노트북으로. 그 방송이 엄청난 시청자 수를 기록하며 각종 커뮤니티 및 SNS로 퍼져 나갔다는 사실은 그 자리에 있던 셋, 조민준과 윤민우, 그리고 하유리만 모르고 있었다.

김주혁이 이끄는 지원팀이 도착했을 때는 이미 기자도 몰려든 상황이었다. 비를 맞으며 서 있던 기자들은 지하에서 사람들이 나오자 질문을 퍼붓기 시작했다. 조민준은 자기 재킷으로 김하윤의 얼굴을 가렸지만 쓸데없는 행동이었다.

"실시간으로 중계된 게 모두 사실입니까?"

"김하윤 학생이 박수호 학생을 죽였습니까?"

"김하윤 학생 지금 심정을 말해주세요!"

"추종국 씨는 왜 김하윤 학생을 도왔습니까?"

조민준도, 김하윤도, 그리고 추종국도 아무런 대답을 하지 않았다. 다들 입을 다문 채로 경찰차에 올랐다. 구급차에는 이미 시신이 된 박수호가 실려 갔다.

"팀장님."

하유리가 비척대며 다가와 조민준을 불렀다. 둘 다 비를 맞으며 서서 경찰차가 한 대씩 떠나는 걸 지켜봤다.

"우리도 서로 가지. 교수님도 타세요."

한참 만에 조민준이 입을 열었다. 차에 오르는 셋을 향해서 기자들이 또 달려들었지만 일선 경찰이 막아섰다. 덕분에 세 명은 수월하게 출발할 수 있었다.

광수대로 향하는 내내 셋 다 입을 다물었다. 아무도 이야기를 꺼내지 않았다. 하유리는 충격에서 벗어나지 못한 듯 눈을 감고 있었고, 윤민우는 창밖만 바라봤다.

그렇게 셋은 끝까지 한마디도 나누지 않은 채 광수대로 갔다.

조사는 자정까지 이어졌고, 결국 5월 27일이 되었다. 윤민우는 일찌감치 집으로 돌아갔다. 조민준은 자기 자리에 멍하니 앉아 시간만 보냈다. 하유리는 어디로 갔는지 보이지 않았다.

그때 현승주가 다가왔다. 그는 몹시 피곤한 얼굴이었다. 내일 아침 일찍 기자회견이 예정돼 있었다. 아마 밤새 그걸 준비해야 할 것이다.

"끝났어. 추종국이 다 진술했어. 교도소에 있을 때부터 김하윤의 편지를 받고 범죄를 결심하게 됐다고. 자기는 애들을 죽일 때 쾌감을 느꼈다고 솔직히 말하더라고. 지금은 병원으로 갈 준비 하는 중이야. 거의 죽을 때가 다 된 것 같아."

"김하윤 군은요?"

"걔도 다 털어놓았어. 모든 걸 자기가 계획했다고. 유일한 변수는 추종국의 병이었대. 하지만 그래서 더 완벽 범죄가 되었다며 웃더라고. 허허."

현승주는 허탈하다는 듯 웃었다.

"그 아이는 이제 어떻게 됩니까?"

"잘 알면서 뭘 물어? 돌려보내야지. 법이 그런 걸 어쩌겠어?"

"제가 데려다주겠습니다."

조민준의 말에 현승주는 바로 인상을 썼다.

"자네 설마……."

"그런 거 아니니 걱정하지 마십시오. 제가 데려다주는 게 제일 나을 것 같아서 말씀드리는 겁니다."

현승주는 오래 생각하더니 고개를 끄덕였다.

"좋아. 대신에 알아서 잘 처신해. 기자들이 계속 노리고 있을 거야."

"네."

조민준은 대답한 후 자리에서 일어났다. 그때 2팀의 형사가 다급한 표정으로 다가와 현승주에게 보고했다.

"강남의 한 골목에서 박수미 씨로 추정되는 여성의 사체가 발견됐습니다. 비에 흠뻑 젖은 상태였지만 외상은 전혀 없었습니다. 아마 비를 맞으며 걷다가 그대로 사망한 것 같습니다."

"이런……."

현승주는 말을 잇지 못했다. 조민준은 눈을 질끈 감았다가 떴다. 그러면서 생각했다. 박수미는 혹시 모든 걸 알고 있었던 게 아닐까? 그랬기에 마지막 순간 아들을 막으려고 움직였던 게 아닐까?

조민준은 복잡한 마음을 뒤로하고 복도로 나갔다. 마침 취조 실에서 김하윤이 나오고 있었다. 소년은 조민준을 보고 반갑게 불렀다.

"형사 아저씨!"

"내가 데려다줄 테니 집에 가자."

조민준이 말했다. 그러자 김하윤은 해맑게 대답했다.

"네!"

조민준은 소년과 나란히 걸어갔다. 묻고 싶은 게 많았다. 하지만 참았다. 그 어떤 질문을 해도 만족할 만한 답을 얻지 못하리라는 걸 그는 잘 알고 있었다. 둘은 진을 치고 있는 기자들을 피해 뒷문으로 나갔다. 그때 김하윤이 물었다.

"집 말고 병원으로 가도 되는 거죠?"

"병원……."

"네. 엄마, 절 기다리고 있을 거예요."

"그게……."

조민준이 미처 대답하기도 전에 김하윤은 밖으로 달려 나갔다. 그러면서 외쳤다.

"비가 거의 그쳤어요!"

아닌 게 아니라 그사이 비는 많이 그친 상태였다. 조민준은 달려가는 소년의 가냘픈 뒷모습을 바라봤다. 마르고 작은 아이였다. 14세도 되지 않은 아이. 하지만…… 완벽한 범죄를 저지른 아이.

갑자기 뜨거운 뭔가가 목구멍을 지나더니 끝내 밖으로 터져 나왔다. 걷잡을 수 없이 눈물이 흘렀다. 조민준은 입을 앙다물고 울음이 새어 나오는 걸 간신히 참았다. 왜 우는지 자기도 알 수 없었지만, 하나만은 확실했다.

그것이 성인이 된 후 처음 흘린 눈물이었다.

촉법소년에 관심을 가지게 된 건 5년 정도 전부터였다. 비현실적인 소재로 이야기 만들어내는 걸 좋아하는 내게 '촉법소년'은 지극히 현실적이면서도 감히 손대기 어려운 그런 재료였다. 그럼에도 꾸준히 자료를 모으고 관련 사건을 추적해나간 건 이것이 단순하게 옳고 그름으로만은 판단할 수 없는 민감한 문제이기 때문이었다. 나는 바로 이 부분에서 흥미를 느꼈다.

오래전 이야기 하나를 해보자면, 나는 건강이 좋지 않아 중학교 2학년 1학기에 학교를 그만두고 검정고시를 통해 졸업했다. 고등학교에도 가지 않았고 그 역시 검정고시 시험을 쳐서 과정을 대신했다. 고등학교 졸업 검정고시는 어쩔 수 없이 학원에 다니며 준비했는데 당시 나는 반에서 막내였다. 학원 수

강생 대부분은 한때 좀 놀았던 형이나 누나였고, 심지어 소년원에서 매일 수업을 들으러 오는 사람도 있었다.

순진무구하기 짝이 없었던 나는 산전수전 다 겪은 형과 누나의 무용담 앞에서 벌벌 떨 수밖에 없었다. 어디 무용담뿐이었을까. 그들은 나를 당구장, 술집, 노래방 등으로 데리고 다녔다. 그러면서 어른의 삶을 가르쳐주려 했다. 그 삶 속에는 당연하다는 듯 술과 담배, 그리고 오공본드와 부탄가스가 들어 있었다. 그리고 다들 폭력이니 절도니 하는 훈장 하나쯤은 보란 듯이 가지고 있었다.

나는 술이나 담배, 그리고 당연하게도 그 외의 다른 것들에 손대지 않았다. 하지만 그들을 통해 세상의 어두운 면에 대해서는 많은 걸 알 수 있었다. 한 가지 놀라운 사실은 그들 대부분은 무척 착하고 순진했다는 점이다. 심지어 자신의 잘못된 행동을 진심으로 반성하는 이도 많았다. 어쨌든 고등학교 졸업장이라도 따기 위해 학원에 다닌다는 사실 자체가 그들에게는 크나큰 결심이었다.

불법과 합법의 경계에 선 일을 하며 낮에는 학원에서 검정고시 공부에 매진하는 그들을 보며, 나는 어린 나이에도 미묘한 감정을 느꼈다. 그러면서 세상 그 누구든 일면만 보고, 특히 겉모습만 보고 판단해서는 안 된다는 걸 깨달았다. 우리 반에서 가장 험악하게 생겼으며 실제 조직 생활을 하던 형님이 내게 제일 잘해준 것 때문만은 아니었다.

　누군가는 촉법소년의 근거가 되는 형법 제9조를 비판하고, 다른 누군가는 그럼에도 촉법소년은 벌 받지 않아야 한다고 주장한다. 몇 년 사이 촉법소년이라는 사실을 악용해 범죄를 저지르는 미성년의 수가 늘기도 했다. 그런 이들의 악행이 언론을 통해 알려지며 촉법소년은 사회문제로 떠올랐다. 비슷한 이야기를 하는 영화나 드라마도 많이 나왔다. 대부분 훌륭한 작품이었다.

　그리고 이번에는 내가 촉법소년을 소재로 한 이야기를 펴내고 독자 여러분과 만나게 되었다. 나는 이 작품, 『촉법소년 살인 사건』에서 작가가 옳고 그름을 판단해 독자에게 일방적으로 주장하는 실수를 범하지 않으려고 노력했다. 작가는 화두를 던질 뿐이다. 그렇기에 읽는 독자에 따라 각기 다른 결론을 내렸으면 좋겠다고 생각하며 이 소설을 써 내려갔다.

　촉법소년은 아주 민감한 소재이다. 그랬기에 쓰기 전 조사한 자료와 공부한 사례가 무척 많았다. 그럼에도 나는 그것들에 매몰되어 재미를 잃어버리면 안 된다는 각오로 작품을 썼다. 작가는 화두를 던지되, 그것을 아주 매력적이고 흥미진진한 이야기 속에 넣어서 던져야 한다는 걸 나는 아주 잘 알고 있다.

작품이 나오기까지 오래 기다려준 출판사와 편집부에 감사를 전한다. 그리고 무엇보다 이 소설을 읽어준 독자에게 감사와 사랑의 말을 전하고 싶다.

2024년 가을,

전건우

촉법소년 살인 사건

지은이 전건우

펴낸이 한기호

책임편집 도은숙

편집 정안나, 유태선, 김현구, 김혜경

마케팅 윤수연

디자인 studio.fractal.kr@gmail.com

경영지원 국순근

1판 1쇄 인쇄 2024년 9월 24일

1판 1쇄 발행 2024년 10월 4일

펴낸곳 요다

출판등록 2017년 9월 5일 제2017-000238호

주소 04029 서울시 마포구 동교로 12안길 14 삼성빌딩 A동 2층

전화 02-336-5675 팩스 02-337-5347

이메일 kpm@kpm21.co.kr

ISBN 979-11-90749-78-7 (04810)

979-11-89099-32-9 (세트)